共和国故事

首战告捷

——中国参加第二十三届洛杉矶奥运会

李静轩 编写

吉林出版集团股份有限公司

图书在版编目（CIP）数据

首战告捷：中国参加第二十三届洛杉矶奥运会/李静轩编. —长春：吉林出版集团股份有限公司，2009.12

（共和国故事）

ISBN 978-7-5463-1786-1

Ⅰ．①首… Ⅱ．①李… Ⅲ．①纪实文学-中国-当代 Ⅳ．①I25

中国版本图书馆CIP数据核字（2009）第236758号

首战告捷——中国参加第二十三届洛杉矶奥运会
SHOUZHAN GAOJIE　ZHONGGUO CANJIA DI ERSHISAN JIE LUOSHANJI AOYUNHUI

编写　李静轩	
责任编辑　祖航　息望	
出版发行　吉林出版集团股份有限公司	
印刷　三河市嵩川印刷有限公司	
版次　2010年1月第1版	2022年1月第9次印刷
开本　710mm×1000mm　1/16	印张　8　字数　69千
书号　ISBN 978-7-5463-1786-1	定价　29.80元
社址　吉林省长春市福祉大路5788号	
电话　0431-81629968	
电子邮箱　tuzi8818@126.com	
版权所有　翻印必究	
如有印装质量问题，请寄本社退换	

前　言

自 1949 年 10 月 1 日中华人民共和国成立至今,新中国已走过了 60 年的风雨历程。历史是一面镜子,我们可以从多视角、多侧面对其进行解读。然而有一点是可以肯定的,那就是,半个多世纪以来,在中国共产党的领导下,中国的政治、经济、军事、外交、文化、教育、科技、社会、民生等领域,都发生了深刻的变化,中国人民站起来了,中华民族已屹立于世界民族之林。

60 年是短暂的,但这 60 年带给中国的却是极不平凡的。60 年的神州大地经历了沧桑巨变。从开国大典到 60 年国庆盛典,从经济战线上的三大战役到经济总量居世界第三位,从对农业、手工业、资本主义工商业的三大改造到社会主义市场经济体制的基本确立,从宜将剩勇追穷寇到建立了强大的国防军,从废除一切不平等条约到独立自主的和平外交政策,从"双百"方针到体制改革后的文化事业欣欣向荣,从扫除文盲到实施科教兴国战略建设新型国家,从翻身解放到实现小康社会,凡此种种,中国人民在每个领域无不留下发展的足迹,写就不朽的诗篇。

60 年的时间在历史的长河中可谓沧海一粟。其间究竟发生了些什么,怎样发生的,过程怎样,结果如何,却非人人都清楚知道的。对此,亲身经历者或可鲜活如昨,但对后来者来说却可能只是一个概念,对某段历史的记忆影像或不存在,或是模糊的。基于此,为了让年轻人,特别是青少年永远铭记共和国这段不朽的历史,我们推出了这套《共和国故事》。

《共和国故事》虽为故事,但却与戏说无关,我们不过是想借助通俗、富于感染力的文字记录这段历史。在丛书的谋篇布局上,我们尽量选取各个时代具有代表性或深具普遍意义的若干事件加以叙述,使其能反映共和国发展的全景和脉络。为了使题目的设置不至于因大而空,我们着眼于每一重大历史事件的缘起、过程、结局、时间、地点、人物等,抓住点滴和些许小事,力求通透。

历史是复杂的,事态的发展因素也是多方面的。由于叙述者的视角、文化构成不同,对事件的认知或有不足,但这不会影响我们对整个历史事件的判断和思考,至于它能否清晰地表达出我们编辑这套书的本意,那只能交给读者去评判了。

这套丛书可谓是一部书写红色记忆的读物,它对于了解共和国的历史、中国共产党的英明领导和中国人民的伟大实践都是不可或缺的。同时,这套丛书又是一套普及性读物,既针对重点阅读人群,也适宜在全民中推广。相信它必将在我国开展的全民阅读活动中发挥大的作用,成为装备中小学图书馆、农家书屋、社区书屋、机关及企事业单位职工图书室、连队图书室等的重点选择对象。

编 者

2010 年 1 月

目 录

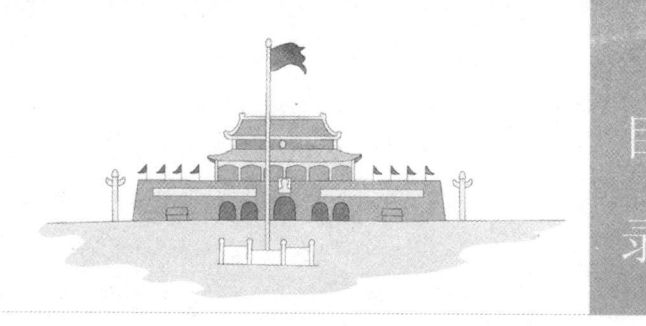

一、备战奥运

女排力争实现三连冠/002

射击运动员艰苦备战/005

体操健儿奋力备战/015

举重队苦练本领/020

栾菊杰艰辛练剑/032

跳水队做好一切准备/036

二、挺进奥运

中国运动员开赴洛杉矶/040

中国队参加奥运开幕式/043

中国队进驻奥运村/046

三、决战奥运

许海峰夺得首枚金牌/052

曾国强举重夺得冠军/057

吴数德举重再添一金/064

李玉伟摘取射击金牌/073

陈伟强举重再添佳绩/078

姚景远勇得举重金牌/084

目录

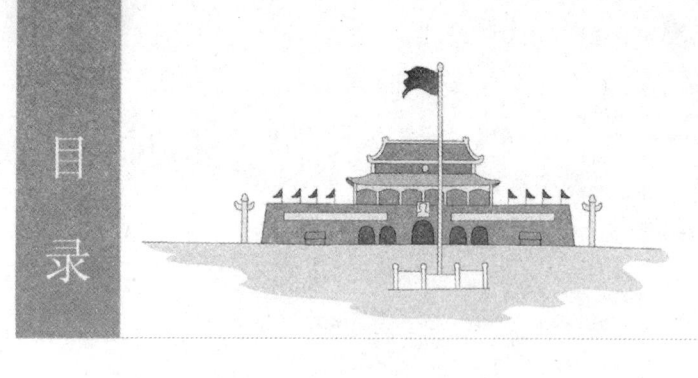

吴小旋小口径步枪夺金/090

栾菊杰剑坛夺得金牌/094

马燕红勇夺高低杠第一名/098

女排成功蝉联三连冠/100

李宁独得体操三金/106

楼云跳马夺取冠军/111

周继红跳水夺第一名/114

一、备战奥运

- "我们的目标,是实现'三连冠'!"袁伟民说。

- 灯灭了,他躺在床上缓缓抬起双臂,准备再做一次静气功。

- 姚景远认真地说:"我生来就是拼的命,打一开始我就拼上了。"

女排力争实现三连冠

1984年初,山城郴州。虽然还是隆冬时节,但这里水不冰封,叶不飘零,远山近山依然披着绿装。

4年多前,中国女排就是在这里卧薪尝胆,实现了"冲出亚洲"的腾飞。

女排姑娘再次来到这里冬训,则是要冲向世界,再创辉煌。

此时,这里的条件已经今非昔比,新的训练馆盖起来了,暖气也安装上了。周围的环境,让人既熟悉又陌生,绿树如盖,繁花似锦,姑娘们情不自禁地放慢了脚步。

把基地建成花园,是郴州的工作人员辛勤劳动的成果。领导人认为,球场上运动员们够苦的了,球场外一定要有个赏心悦目的环境,一定要安排好生活,使她们不感到枯燥、寂寞。

在宽敞明亮的现代化体育馆里,袁伟民、邓若曾带领15名队员,外加6名陪练教练、两个"退伍老兵"杨希、陈招娣,分开在两个排球场上摆开架势,开始进行训练。

一天清晨,上球场之前,杨希告诉袁伟民:"毛毛的腿卡住了,田大夫正在给她推,要晚一些来;晓兰胃病犯了，杨锡兰肚子痛……"毛毛是张蓉芳的小名。

"你看练不练呢？"袁伟民问道。

杨希笑了。根据她以往的经验，这是不言而喻的。

在队列前，袁伟民微笑着说："我看了大家的训练日记，有的休息不好，有的睡不着，有的伤病有反应，这就是苦啊，怎么办呢？没有别的办法，只有咬咬牙，把这个苦咽下去。上了球场就要兴奋起来，还要带动别人。这的确很难啊，但是必须这样做。"

队里伤病最重的是张蓉芳，袁伟民叮嘱她休息一天，可她还是出现在训练场上。他又关照杨锡兰少练些，叫周晓兰少跑一圈，可是她们谁也不肯降低对自己的要求！

郴州冬训，使中国女排从思想到技术出现了一个转折。身为队长的张蓉芳，配合教练为全队思想上的"捏合"，为战术上的提高作出了贡献。她处处以身作则，处处关心别人。杨晓君的腰受了寒，她马上把鸭绒背心拿给晓君。晓君打趣地说："哦，温暖来了。谢谢毛毛姐姐。"

张蓉芳还学会了谈心，做思想工作，和副队长郎平商量着，你找谁聊，我和谁谈。饭前饭后，训练间隙，甚至按摩治疗时，也有意识地和新队员聊一聊。

郴州冬训，安排得紧张、扎实，有的放矢地解决问题，弥补不足。抓"突击周"，重点是提高每个人技术上的薄弱环节。抓跑动进攻，是实现新的突破的重要一环。

一天晚上，袁伟民特意安排三个手快脚快的姑娘张蓉芳、梁艳、李延军谈跑动进攻的体会。

"首席发言人"是张蓉芳。这个身高仅有1.74米的主攻手，能够在高个如林的排坛立足，并赢得"怪球手"的美誉，靠的是手快脚快和细腻、娴熟的技巧。艺高人胆大。凭着这一手绝技，她接受了高大对手一次又一次挑战。你要钻我个子矮的空子，我就发挥灵活多变的特长，在难题前突破，在夹缝中生存。

在联邦德国的两次邀请赛上，张蓉芳发现美国队有意把大个子换到她的面前，以为攻、拦两利。她哪肯吃这个亏，你靠高度，我靠技术，靠正确的判断。她选择最佳时机起跳，注意拦网手法，不让你突破；你像门板一样挡在我的面前，我加强跑动，增加进攻点，声东击西，甚至从4号位大跑动到2号位，搞得你眼花缭乱。同时提高平打、打手出界的命中率。

毛毛靠跑动进攻给自己开辟了一条新路。

"我们的目标，是实现'三连冠'！"在几年前，中国女排手捧第二个世界冠军的金杯，从大洋彼岸的秘鲁归来时，袁伟民说。

而此时，马上就是要实现"三连冠"的时候了，女排队员和教练员都开始整装以待。

射击运动员艰苦备战

1984年初,许海峰和队友一起到洛杉矶,参加奥运会预选赛。

在这次大型国际对抗赛中,他战胜了许多世界一流选手,取得冠军,拿到了奥运会入场券。

其实,许海峰国内的训练成绩并不是最好的,队里有一些运动员的成绩都比他好。

而许海峰第一次参加重大国际比赛就取得了优异成绩,这不能不说明他的内在素质比较好。

这其中的缘由就在于他临阵不慌不乱,精力高度集中,有极强的自我控制能力。靠这一点,技术水平才得以正常发挥。这是他取得胜利最关键的一点。

也正是凭借这一点,许海峰才一路过关斩将进入了国家队。那还是1983年3月,他在华东地区射击对抗赛中打破全国纪录,通过了运动健将的标准。

随后,在后半年的全国运动会和一次出国比赛中,他同样取得了好成绩,显示出很大的潜力。

1983年年底,国家射击队便破格把已经26岁的许海峰选拔上来,参加集训。

北京射击场坐落在西山脚下。许海峰从南国来到北国,这里是他事业上又一个起点,目标是奥运会的金牌。

许海峰开始进入到备战奥运会训练当中。别人练了几年，他只练了几个月。这对他来说，无疑是一道难关。

李培林教练是个河南人，性格极为爽直、严厉，他根本不对刚入队的许海峰有丝毫照顾。

队员们集中在一起后，李教练操着浓重的乡音说："从明天起开始打密度，打两个星期。"

队员们不禁暗暗咂着舌头。

打密度是最让人头痛的事。一组50发子弹统统打在一张靶纸上，然后根据相隔最远的两个弹孔间的距离计算成绩，距离越近成绩越好。

李教练布置的打密度很特别，打过以后不让看成绩，接着打下一组，一直到两个星期后才把全部靶纸拿出来。

各个体育项目的训练都是艰苦的，然而又各有其乐趣。射击运动员的乐趣就在打出一个好成绩。可是一旦不让看成绩，射击运动剩下的只是枯燥和熬人，打瞎枪的滋味是最难受最没有趣味的了。

运动员在默默地瞄准、击发，然后又是瞄准、击发，一遍遍地重复。

望远镜早已按照李教练的命令撤掉。有一个队员回头望了一眼，一看到李教练严厉的目光，便赶忙转回头继续瞄准、击发。

时间像静止了一样，好容易熬过一天，但还有第二天，第二天之后还有第三天，一天一天就这么枯燥地过着。

有的人沉不住气了，趁李教练不注意，使用特殊手段迅速地看了成绩，于是，憋闷的心终于轻松了一下。

许海峰也同样熬得够呛。这种打密度的训练他从来没有经历过，日子比别人更难熬。

偷看成绩的队友不止一个，偷看的次数也不止一回，方法又很简单，只要避开李教练的目光就行。

许海峰也想去偷看一下自己的成绩。

晚上，射击队规定了熄灯的时间，许海峰把国外射击运动资料合拢，放在枕边。

灯灭了，他躺在床上缓缓抬起双臂，准备再做一次静气功。静气功是不久前才开始练的，许海峰练它就是为了抑制比赛中的紧张情绪。

许海峰想，李教练布置的打密度不也是为了使运动员把注意力集中在射击上，不受外界干扰吗？看来，成绩不能去偷看了。就熬着吧！熬过这两个星期精力就会更加集中了。

他再次抬起双臂，开始做静气功。进入国家集训队之后的考验，他经受住了。

射击女运动员中吴小旋也是一名骁勇的战将。

对于吴小旋来说，她能够取得好成绩，除了自身顽强拼搏外，还与教练对她的悉心培养与关心是分不开的。

对此，吴小旋说："李教练了解我，胜过了解她自己的孩子。连我想什么，她都清楚。1982年和1983年，有两次比赛我打得不太理想，有点着急。没等我把话说出来，李教练就找我谈心，指出我的进步和弱点，说得我口服心服。我这个人也有点犟脾气，但李教练总是耐心地开导我。这样，时间长了我们就心心相印了。"

说起李教练与吴小旋的关系，那是众口称赞的。她们是师生，可实际上情同母女。在四年多的朝夕相处中，她们不仅仅是在训练场上，在比赛中亲密无间，而且在日常生活中也心心相印。

吴小旋从李教练那双深邃的眼睛里，从她的言行中，感受到一种强烈的母爱。

李素芳是国家射击集训队的教练，是我国第一批女优秀射击运动员。她做教练几十年如一日，兢兢业业，一心扑在事业上，培养出不少闻名世界射坛的优秀运动员，为我国射击运动的发展作出了显著的贡献。

李教练身体不太好，但一直和队员们住在一起，一个星期才回家一次。由于她的言传身教，带出了射击队的好技术、好作风。

队员们信赖地说："我们一看到李教练，就什么困难也不怕了。"

四年来，她对吴小旋、金东翔等运动员的爱，超过了对待自己的孩子。

在备战奥运的训练中，李教练要求特别严格，而在生活上、思想上对队员的关心更是无微不至。

在北京集训期间，吴小旋住楼下，李教练住楼上，每当吴小旋生病，李教练一天当中不知要下楼多少次，一会儿端来热汤，一会儿又端来亲手熬好的银耳……直到看到吴小旋吃下去，才放心地离去。

训练场上，吴小旋要强，不怕吃苦，有一股子拼劲，落下了腰疼的毛病。累了，吴小旋晚上就会痛得睡不着觉。李教练便一次次地亲自给她按摩。

正因为师生心心相印，所以教练制订的训练计划，吴小旋能够严格执行，两人配合得十分默契。

虽然，吴小旋在训练中早就落下了病根，但是她还是忍着疼痛，顽强地训练下去。

那还是1978年，一天，小旋感到腰下部隐隐作痛。她轻轻按摩了一会儿又继续举枪，根本没去理睬。可是，接连几天，这疼痛变得愈加剧烈，让人难以忍受，枪都举不起来了。

她着急了，赶快去医院。医生仔细检查之后，叹了口气，说："太过分啦，太过分啦！"

原来，小旋的身体条件不适合于射击运动。她除了身材纤细之外，还患有先天性尾骨隐裂。这种病在一般情况下不会发作，当身体负荷长期超载时就会冒出来。

医生说："不要再打枪了，不然的话后果不堪设想，你愿意瘫在床上？"

吴小旋的泪流干了，她望着医生不说话。她不愿意瘫在床上，但更不愿意放下枪！教练听说后，也惊呆了。

住院治疗了一段时间之后，小旋提着大包大包的中药、西药离开了医院。当时，21岁的吴小旋面临着人生道路的抉择。

然而，吴小旋还是毅然选择了射击。那里有她热爱的事业，那里有她生命中的追求！她要在这条道路上继续搏击。

回到射击场后，领导让她继续养病。但她一个人憋在宿舍里好难挨呀！小旋一次次从床上爬起来，一只手撑住后腰，艰难地走向靶场。

然而，教练一次次把她劝了回去，大家都来安慰她。水果、糕点、罐头放了一堆。

可她恋着靶场，躺在床上，总觉得心中缺什么，情绪怎么也提不起来，以往欢快的笑声听不见了。她暗暗地憋上了一股劲：病愈之后一定要狠狠地练，练出成绩，才不虚度一生！

吴小旋休养了一段时间后，教练允许她参加训练了。

重上靶场的小旋好像成熟了许多，欢声笑语少了，每天就是练呀、练呀，把伤病忘在了脑后。

但是，病痛从此再也没有离开她。训练后回到宿舍，她常常痛得忍不住趴在床上，偷偷地哭上一场。可是第二天，当她又背着枪走进射击场时，人们看到的不是眼泪，而是紧咬的牙关和倔强的目光。

经过艰苦训练，终于得到了收获。在1979年第四届全国运动会上，她以386环的成绩打破了女子气步枪全国纪录，攀上了她射击事业上的第一个高峰。

可以说，射击是吴小旋的生命欢乐所在，可也是她身体的苦痛之源。立姿射击，枪支的稳定性十分重要。然而，枪支最稳定的时候也正是小旋腰部最吃力的时候。因为立姿射击时，力的支撑点就是腰部。枪的重量和后坐力都要通过肩部传输到腰上。而腰部疼痛势必影响枪支的稳定性，这就需要增加举枪次数。举枪次数的增加又要加重腰部的疼痛。这种恶性循环使吴小旋的腰伤日趋严重。

一次，医生诊断，她的第四腰椎骨裂。腰椎骨裂，射击时只好靠腰肌来支撑和调节。久而久之，她的左右两块腰肌全部劳损……

然而，射击已成为吴小旋生命中不可分割的部分。腰病犯得再厉害，她也没有中止过训练，没有放弃过比赛，也没有想过要放下手中的枪。她的成绩一直在稳步提高。

1979年，她在亚洲射击锦标赛上参加男子气步枪比赛，压过所有男选手获得冠军。

1982年，她再次编入男队参加亚运会，又获得男子气步枪冠军。

从此，她的枪瞄准了第二十三届洛杉矶奥运会金牌。

另外，还有一位横空出世的选手，他在1983年5月第五届全运会射击预选赛中，获得了第三名。

9月，李玉伟代表辽宁省参加了在南京举行的移动靶项目的决赛，以588环的成绩获得这个项目的冠军并打破全国纪录。

同时，他还和队友一起，夺得了这个项目的团体冠军，并打破了团体全国纪录。李玉伟登上了全国冠军的宝座。

全运会结束后，由于他的成绩突出，李玉伟接到了调到北京参加国家射击队集训的通知。这对于李玉伟来说，真是个天大的喜讯啊！

在国家射击队中，有5名选手参加移动靶项目的临时集训，并从中挑选参加奥运会这个项目比赛的选手。能参加奥运会，这是多少运动员所盼望的啊！

李玉伟在这五名选手中是年龄最小的一个。

星期天，他舍不得花时间去看电影，甚至连电视也很少看，整日里瞄啊、练啊。勤奋和努力，终于使他领到了去洛杉矶的"通行证"。

起初，人们对他还有顾虑："年轻，经验不足，去奥运会参加比赛，能行吗？"

对此，老教练们说：

初生牛犊不怕虎嘛！年轻队员有他们的长处，放得开，没包袱……

总教练张福也相信，李玉伟虽然年轻，缺乏国际比赛经验，但基本功过硬，有实力，手不软，自控能力强。因此，李玉伟就成了光荣的中国奥运选手。

1984年3月底，为锻炼队伍，中国射击队赴墨西哥参加在墨西哥城举行的一次国际比赛。这是一次各国选手，包括苏联及东欧一些国家参加的奥运会前的大赛。

李玉伟初次上阵，对国外的场地不适应，再加上十几个小时的时差反应，只得了第六名。

由于成绩不理想，李玉伟心情变得沉重起来，连墨西哥优美的风光也无心去欣赏。

教练对他说："比赛不可能只是优胜，关键是在失败中吸取教训。这次比赛成绩不理想，不要紧，重要的是总结经验，化失败为成功。"

小伙子解开了思想疙瘩，第一次领略了南美的风光。

墨西哥的比赛结束之后，紧接着又转赴洛杉矶参加为奥运会射击场落成举行的国际比赛。

移动靶比赛是用小口径步枪向画有猪样的靶子射击，是模仿打猎而设的。电动控制的靶子从 10 米宽的开阔地的一端，移向另一端。慢射时靶子穿过开阔地的时间是 5 秒，速射为 2.5 秒。

这就要求运动员反应要迅速，在极短的时间内，完成举枪、瞄准、击发等一系列动作，稍一犹豫，靶子便一闪而过，失去机会，造成脱靶。

李玉伟虽然具有一定实力，但毕竟年轻，他的毛病是打得较慢，总想多瞄一会儿再扣扳机。

在这次比赛中，第一天他集中精力，除一次打了 9 环外，弹弹命中 10 环。后来由于追求环数脱掉一靶，只得了个第十四名。

回国以后，李玉伟又参加了全国冠军射击赛，同样是由于动作太慢，脱掉一靶，名次排在第十六位。

两次大比赛的失误，李玉伟也获得了最大的教训：如果奥运会上也出现这种脱靶现象，怎么对得起全国人民呢？他暗暗下决心，一定要克服这个毛病不可……

在教练监督指导下，李玉伟击发速度快了起来，且既快又准。训练中，有时30发子弹弹弹都能命中10环。

在训练中，李玉伟的信心也越来越足。他明白了，在大型比赛中关键是要沉着、冷静，谁发挥得好，谁就能够取得胜利。

他觉得自己有战胜世界最强的对手的力量和信心。于是，他向领导交了一份决心书：

我要在洛杉矶夺得金牌，这个志向我早定了。

射击队的领导和教练也相信这是一个可以信赖的年轻人。

因此，李玉伟踏上了洛杉矶奥运会的征途。李玉伟做好了准备，要向奥运会金牌冲击了。

体操健儿奋力备战

1984年初，为了迎接第二十三届洛杉矶奥运会，体操队进入冬训。

李宁发愤了，为了迎接奥运会，他要为之一搏。

其实，在李宁的内心中，他是憋着一股劲的。这是因为，早在1983年匈牙利的世界体操锦标赛中，李宁名落孙山，一块金牌也没拿到，全能只排在第六位。

布达佩斯的秋夜，恬美而安静，李宁却翻来覆去怎么也睡不着。失败的悔恨和对祖国的内疚咬噬着他的心。

他悄悄地起身，来到了张健教练的门口，叩开了教练的房门。李宁痛心地说："教练，我太不争气了，我回去一定好好总结，争取在奥运会上取得好成绩。"

张教练恳切地说："承认了失败，才可能认真去寻找失败的原因，我看你大有希望，不要丧失信心。"

此后，李宁痛下决心，要在第二十三届奥运会上找回自己的尊严。

1984年初，为了适应奥运会的气氛，为了让美国对手感到中国选手的实力，争得"印象分"，李宁跨海远征了。

结果，在这次比赛中，李宁一人拿了四个单项比赛的金牌，美国观众破例为这个中国小伙子站起来鼓掌，他终于以显赫的成绩回到了祖国。

然而，新的难题又出现在李宁的面前。他肩部的老伤又复发了。后来，他的肩伤刚好，膝盖又伤了，导致他长时间无法训练。

6月，他拄着拐杖到江西去观摩全国比赛。比赛结束后，全队到庐山去调整，李宁也跟着上了山。

这天，当全队来到山上一个亭子里时，只见云雾翻滚，一会儿又云消雾散，山下鄱阳湖中，渔帆点点，湖水粼粼。

面对如此壮观美丽的风景，李宁的心中激荡着对祖国的爱，陡地感到心情振奋，双腿发热！从山上下来时，他竟可以一路小跑了。

李宁兴奋地对张健说："教练，我能跑了！"

张健点点头说："你想去参加奥运会，能不快跑吗？"

是啊，离奥运会只剩下不到两个月的时间，李宁非得快步跟上不可了！

可是随后，他的肩又伤了，连胳膊都抬不起来。李宁只好拼命练腿，跑步、空翻。

此外，还有一个法宝就是"想象训练"。这是一种特殊的训练方法。人们常看见李宁坐在那儿两眼迷迷瞪瞪地发着呆。其实，他是在想动作：前空翻，后空翻，托马斯全旋……动作一个接一个，电影镜头般从他大脑的荧屏上闪过，而他的人就仿佛飞腾在比赛场上，力量在全身的每一条肌肉上运行着。

常常是一套动作在李宁的脑海里"想"下来后,他也感到精疲力竭了,双手也是捏着一把汗,不比真正的训练省多大力气。

就这样,李宁迎来了第二十三届洛杉矶奥运会。

在体操队,还有一些运动健儿们,为了迎接在洛杉矶举行的第二十三届奥运会,在奋力拼搏着。

楼云在训练日记的扉页上写下了八个大字:"自信、自谦、自强、自爱。"

这八个大字,写出了健儿进军洛杉矶的决心与勇气。谈到这八个字,一腔激情涌上楼云的心头,他笑着说:"我相信自己是会有所作为的,是能够在奥运会上为祖国拼搏的,这信心的基础就是实力。"

为了增强实力,他抓紧赛前训练时间力求掌握一些新的高难技巧。在自由体操中,他增添了侧空翻的新连接,单杠上增加了惊险复杂的单臂大回环转体360度接转体360度,双杠、吊环、鞍马也都添了新招。

至于强项跳马,更是面目一新,他把在第二十二届世界体操锦标赛上使用的两个跳马动作,全都再加难度,"前手翻转体180度接屈体后空翻"的"屈体"改为"直体","前手翻接团身前空翻转体540度"的"团身"改为"直体"。

在洛杉矶奥运会赛前仅半年的时间内,各项动作加新加难,跳马还全部更新,这需要多大的勇气和毅力才能做到啊!

因为，一个动作"会做"和"做好"的距离相当大，在举世瞩目的最高水平的赛场上，每个动作都要求高质量，一点细微的失误，都会白白送掉多年追求的目标。

对此，楼云也在大赛前争分夺秒地苦练着、拼搏着……

另外，在体操队还有一位巾帼不让须眉的女运动员，她就是马燕红。早在1981年，在莫斯科举行的世界体操锦标赛中，马燕红的一套高低杠动作做得又高又飘，完美精彩，但由于裁判评分不公，她只得屈居第二。

高低杠是女子体操运动中难度较大的项目，国际体操界一些专家称它是"一个奇妙的项目"。进入70年代后，这个项目的发展十分惊人，许多高、精、尖、难的动作不断出现。因此，要想保持优势，只有严格训练，不断创新。

1982年9月，在印度举行的第九届亚运会上，赛前训练时，马燕红的脚不幸骨折，只得忍痛弃权了。

这是多灾多难的一年，这年年底，马燕红得了慢性阑尾炎，而且经常发作，痛起来汗珠直从头上往下滚，可她坚持没有去做手术。

她知道做手术就得休息一个月，体重将要增加许多，要想恢复很不容易。

她的心思只有教练清楚：她是要坚持到1984年8月12日，第二十三届奥运会比赛结束那一天为止。在这段日子里，马燕红也听了不少闲言碎语："这么'老'的运动员早该下来了！"

有的人还故意追问她的教练："她怎么一到比赛就受伤？"教练总是耐心地作解释，她坚信这个在自己身边长大的姑娘，在挫折面前不会消沉，她的目标不会改变。

是的，马燕红在失败、挫折中变得更成熟、更坚强了。她以顽强的意志走着这段铺满荆棘的路，朝着自己的目标奋进。

1983年初，马燕红休养了两个月。没想到两个月时间体重竟增加了十多斤。

为了把体重降下来，无论刮风下雨，她每天清晨都坚持长跑，平时训练也自觉地加大运动量。有时训练后，她浑身酸痛，连楼都爬不上去。

但是，为了实现夺取第二十三届奥运会金牌的夙愿，她挺住了。她知道，要想取得好成绩，没有什么捷径可走，必须多运动，多流汗。

半年后，她的体重又从九十多斤下降到八十多斤，技术也有了提高与发展。

胜利从来是属于那些意志坚定的人的。马燕红就是这样一个人。她仿佛一只展翅飞翔的燕子，坚韧不拔地在风雨中，向着自己向往的目标前行。

举重队苦练本领

1984年初,瑞雪遍罩京华,龙潭湖畔中国举重队训练馆里,一派热火朝天的训练景象。

我国派代表团参加在美国洛杉矶举行的第二十三届奥运会的决定,强烈地震动着举重队运动员们的心弦,使他们积极地投入到紧张而又兴奋的锻炼中去。

凡有实力拼搏的勇士,谁不渴望着登上这世界最高层的竞技台?对于运动健儿们来说,人生能有几回这种拼搏的机会呢?

此时,举重运动员姚景远的心情也激荡不已,他躺在床上,望着窗外龙潭湖上空那满天繁星,默默地对自己说:"多走运啊,姚景远。这么多年,因为某些原因,我国都没有参加奥运会;一参加,幸运之神就走到了你的身边!常言道:'养兵千日,用兵一时。'这用兵一时,可不能对不住祖国呀!"

姚景远是来自东北的一名运动员,待人处事热情豪放,什么事说干就干,而且是一干就非得干出个名堂来不可。

姚景远从1978年第一次打破亚洲挺举纪录起,到1983年间,在国内外重大比赛中,他先后15次夺得桂冠,为祖国争得了荣誉。

这次，当他得知参加奥运会的名单中有他时，简直兴奋得不得了。尤其是当他听说领队、教练对奥运大赛战局的分析和对他本人的期望后，心底更是波澜迭起，默默地再三掂量着自己肩膀头上的分量。

此前，举重队向国家体委汇报时估计：

>   中国在举重项目中，是"坐一看二"，可望拿到一到两块金牌。

这有把握的"一"，指的是吴数德，他在 56 公斤级如林的强手中略占优势；至于这个"二"，自然寄厚望在姚景远身上了。

但是，就在当年，即 1983 年，第三十七届世界举重锦标赛上，和姚景远举起同样重量的一共是 3 名运动员，其中芬兰的格罗曼，体重轻于姚景远，因而名次排在了前面。此外，还有罗马尼亚的苏索契，也是一员虎将。

可见，这次奥运会上强将如林，将是一场世界高水平的激烈角逐，究竟谁能夺得第一就很难说了。

对此，姚景远的教练赵庆奎断言说："就看临场发挥了，谁发挥得好，冠军就是谁。"

面对这种形势，姚景远牙一咬，说道："拼了！"

于是，姚景远进入到迎奥运的冬训中。虽然训练期长，训练中非常苦，但只要他想起奥运会，想起金牌，就浑身是力气，吃也吃得下，睡也睡得香。

在训练的日子里，姚景远几乎是掰着指头算时间，心里盘算着：冲刺的时刻到了。

16岁的姚景远整天忙于训练，中午，举重馆里闪动着他的身影；下午，他又跟着另一拨人踏上了训练台。

他日复一日不止不休地苦练，每天都精疲力竭，宿舍那四层楼的楼梯，这位力能举鼎的大力士竟然视为"畏途"，他每天都是数着数儿一级一级地艰难爬上去的。在上楼梯的时候，他的双腿几乎都拖不动了，队友们见了，真有心上前搀扶他一下……

有一个晚上，他在台灯下给女朋友写回信时，竟然伏在案头发出了沉重的鼾声……

其实也难怪，姚景远每天训练时要举起的重量有4万多公斤，相当于近2000袋面粉的重量。而2000袋面粉摞起来，那可是一座山啊。

有耕耘必然会有收获。姚景远的成绩在汗水和血水的浇灌下步步提高。

1984年2月6日，姚景远试举一个不算大的重量时，腰部突然一响，韧带扭伤了！豆大的汗珠立刻从他那蜡黄的脸上滚了下来。他腰疼得根本直不起身来了。按照医嘱，他至少要卧床两周。

姚景远哪里在床上躺得下去呢！仅仅3天时间，他就又出现在举重馆里。他带伤也要参加训练。去洛杉矶的时间，正一分一秒地逼近。

去洛杉矶的前一个星期，姚景远的伤势依然没有痊愈，并且又添新伤，150多公斤重的杠铃举过肩头，落在锁骨上，稍微一扫，就是一个两寸长的大口子。

大夫给他缝了六七针。然而，奥运大赛迫在眉睫，疼痛也顾不得了。姚景远像擦汗水似的擦擦渗出来的血水！直到登机之前，他还请大夫打了四针，才飞往洛杉矶。他是带着伤痛到举重台上去拼的。

面对如此严重的伤势，姚景远认真地说：

我生来就是拼的命，打一开始我就拼上了。

果然，姚景远一步一拼地走进了第二十三届洛杉矶奥运会的赛场。

几年前，严锡嵩在汽车上一眼就认定吴数德是个举重天才，只要培育得法，就会有出息。

然而，在市体校与杠铃作战良久的吴数德，体重不到40公斤，肌肉不饱满，腰脊单薄。

严锡嵩却是初衷不改。一天，他向一位举重裁判郑重地介绍吴数德："这是未来的世界冠军。"那人哈哈大笑："你就会吹牛！"

广西举重队也毫不留情地把"未来的冠军"拒之门外。1977年，由于严锡嵩的坚持与努力，才算把吴数德从区举重队的门缝里塞了进去。从此，吴数德受教于杨国荣。

杨国荣和白胖、善谈的严锡嵩相反，面色黝黑，沉默寡言。他带给吴数德的是更为枯燥繁重的"重复训练法"。杨国荣一天到晚盯在举重房里，盯住吴数德。"每组练习都做完了？"他问吴数德，"唔，好，再来一遍。"

这位"天才"每天要举起3万公斤的重量，恐怕不少人一辈子举过的重量总和也没有这么多。

晚上，躺在床上，吴数德浑身酸痛，觉得脊椎的每一节都被压得死死的，没一点缝隙。但他咬紧牙关，第二天，仍然生龙活虎地走进举重房。就这样，每天3万公斤，日复一日，他举了整整5年。

正是几乎使人吃不消的刻苦训练，为吴数德打下了坚实的基础。渐渐地，从1978年开始，吴数德多次获得全国冠军，9次打破世界抓举纪录，两次获得世界抓举冠军。

然而，吴数德从未取得过世界冠军。这一次，第二十三届奥运会举重比赛只设总成绩一块金牌。对于这块金牌，吴数德暗暗下了决心。

在举重队内还有一位骁勇的战将，他的名字叫陈伟强。陈伟强曾在比赛中受过重伤，但是，他硬是以坚强的意力扛了过来。

那还是1980年4月6日晚，在广西体育馆内，当进行第四次试举时，只见陈伟强"呼"一声把杠铃举到了头上。

可是，杠铃提拉的路线离开了身体，支撑时重心偏向右后方。陈伟强右臂急忙使劲前拉，只听得"咯"一声，右肘关节一阵剧痛，他急忙把杠铃摔下，用左手托着右臂疾步走下台来。

欧阳孝大夫上前一摸，沉重地说："脱臼。"

陈伟强从南宁归来后，开始进行治疗。然而，当他想起6月还有一次全国比赛，伤后20天，他就不顾医生的劝告，走进举重房猛练起来。

不久，右肘关节再度脱臼。医生又生气、又心疼地下了命令："一定要用夹板固定四个星期以上，再也不许胡来！"

陈伟强吃一堑长一智，遵照医生的吩咐，过了三个月才练习支撑，循序渐进地加大运动量，效果出乎意外地好，到年底已经基本上恢复原有水平。可万万没有想到，正当他全力投入到训练当中时，1981年1月8日，在训练中挺举最大重量165公斤时，肘关节又脱臼了。

这次脱臼非同小可。当时他两手缠着拉带，杠铃推不开，超过体重将近两倍的重量竟当头砸了下来，把在场的人都吓呆了。

好在运动员自我保护的潜意识发挥了作用，只见他身体迅速前俯，沉重的杠铃刚好越过脑后。虽然背上受点伤，总算避免了一场可怕的灾难。

想起当时的情景，陈伟强都感到后怕。更使人烦恼的是，医院透视发现，他右肘关节有游离骨碎，肌腱逐渐钙化。治疗两三个月后他的伤势也没有见好转，上臂和前臂竟像角铁一样拉也拉不成一条直线。

这还不算，后来，医生给陈伟强检查肝功能，又发现个别指标有问题，建议他不要再从事剧烈运动。

一个接一个的打击，把陈伟强推到了悬崖边缘！

陈伟强徘徊在生活的十字路口，心乱如麻。退下举重台，这是一条便捷的、安全的道路。可是，他怎舍得放弃那块凝聚着多年的血汗与理想的战斗阵地啊！再说，国内还没有水平接近的接班人，自己怎能这么早就退下火线呢？

陈伟强不甘心退下来，于是他来到广东体育医院找大夫去请教。

对于陈伟强的伤病，体育医院的陈大夫向陈伟强诚恳地指出："如果改动作，还有希望。"

陈伟强听后，高兴极了。可是，肝功能和肌腱钙化怎么办呢？他又一次陷入了痛苦之中。

对此，体育医院院长欧阳孝副教授仔细研究了陈伟强的病情，认为可以医治，决定支持陈伟强继续训练的要求，派专人给陈伟强经常检查身体，密切注视点滴变化，及时采取措施；同时，亲自出马，四处寻药、配药，制订治疗方案。

此后，在医生的精心治疗下，陈伟强右肘钙化了的软组织竟然重新软化了起来。

大夫们的心血，给陈伟强重返前线铺平了道路。

清晨。同室的伙伴还在酣睡，陈伟强就悄悄起来了。他把右肘放在枕头上，左手按住右手前臂，使劲往下压。

一阵阵剧痛，化作颗颗豆大的汗珠，从额角边上冒出。陈伟强紧咬牙关，好像对付残暴的敌人一样，硬是不肯松手……

陈伟强要改变举重的习惯，这是极为困难的。要把八九年间经过千万次重复，已经达到自动化程度的习惯动作改掉，谈何容易！

最初，他怎么也改不过来，只要一抓起杠铃，就是那个老模样，弄得他自己也心烦起来。

陈荣锐大夫把陈伟强改动作当成自己的事，天天到举重房去观察、研究、指导，看到陈伟强老改不过来，心里也很焦急。

大夫了解到陈伟强在业余体校时肩部受过伤，手臂无法垂直上举，才形成了现在的错误动作。于是，陈大夫决定，从治本入手，天天给陈伟强按摩肩部。

经过一段时间的精心诊治，陈大夫和赵教练那铁钳似的双手，天天在陈伟强的肩周按摩，不间断地揉转了半年，终于把它揉松了，转开了。

他们又请来科研人员，把陈伟强的动作录像进行分析，一点一点帮他改正。后来陈大夫发现陈伟强挺举常常失败和他右肘关节有骨碎，从而屈折度受限制，以致上挺时重心前倾有关，又建议他加大两手握杠距离来弥补这个缺陷。

大夫、教练、科研人员的汗水与心血，加上陈伟强的汗水，最终使陈伟强新的技术动作慢慢地形成了。而之后，陈伟强的训练成绩也节节提高。

1982年4月，陈伟强试着去参加全国比赛，抓举110公斤，挺举150公斤，一切顺利，他赢得了信心。

8月，在湘粤测验赛中，他以160公斤打破了60公斤级挺举的亚洲纪录。

11月，在第九届亚洲运动会上，他抓起了122.5公斤，挺起了160公斤，打破了抓举和总成绩的亚洲纪录，为祖国赢得一块金牌，达到了他举重史上的一个新高度。

此后，到了1984年，陈伟强又瞄准了第二十三届洛杉矶奥运会的金牌。经过了这么多艰难曲折，他决心一定要拿一块金牌回来，才不辜负为他付出心血的人们。

可以说，举重是人类最古老的体育运动，几千年来，人类就在各种不同的条件下，运用不同的器械，较量谁的力气大。其实，举重真正较量的是选手是否具有钢铁般的意志。

在举重队里还有一个19岁的小运动员曾国强。他在17岁时，便取得了埃及世界青年举重比赛的52公斤级亚军，成绩为抓举102.5公斤，挺举120公斤。18岁时进入了国家队。

在众多的体育运动中，举重大概是最枯燥的一种了。它没有篮球、排球、足球那样富有趣味的对抗，没有活的对手，有的只是杠铃，死沉沉的。每天都要和它打上几百次的交道，有时一天举起的重量，竟达22吨，仅次于一个小型起重机。

可是，曾国强却乐此不疲。他不仅训练中全神贯注，连休息时，眼睛都是盯着别人的动作，看能不能吸取点什么。

训练之余，他还经常奔跑在足球场上，或者在乒乓球台前，挥汗如雨。从此，他得了一个外号，叫"练不垮"。

小伙子搏击的欲望非常强烈，他说："每到比赛，我就觉得时间特别慢，恨不得立即就能比赛。"

1984年2月，在参加第二十三届奥运会前夕，中国举重队的几名运动员到苏联进行访问比赛，并在那里和苏联队共同训练了一段时间。

曾国强事后回忆说：

我们搞训练的地方海拔高度2750米，气压低，同样的重量，在这里压在身上感到格外沉。苏联队员已经比较适应，我们当然不能表现得比他们弱。一天下来，疲惫不堪，几乎连说话的力气都没有了。

一天晚饭后，陈冠湖教练同曾国强出去散步，没走几步，就望见前面的训练馆。曾国强小声地对陈教练说："咱们走另一条道吧。"

"为什么？"

"这两天，我一见训练馆心里就烦。"

"明天我把训练量减一下。"

可是，曾国强一个劲儿摇头，坚决不同意。

面对同一个问题，苏联教练员曾关切地指出："你们刚来到这个地方，还不适应这里的环境、气候，运动量可以减小一点。"

对此，苏联运动员也在私下悄悄地议论："看样子，中国运动员明天早晨都要起不来床了。"

可是，就在第二天，曾国强比苏联运动员起得还早，并且，天天早晨都保证准时出操。

苏联运动员不动声色地观察着曾国强，他不仅没有露出一丝没有精神的样子，相反，他练得非常欢快。

每天，他浑身上下都像打足了气一样，活跃在训练馆苏联运动员面前。

一周以后，苏联同行信服了，一个运动员跷起大拇指对陈教练说："好样的！你们有什么秘诀？"

陈教练笑了笑，摊开双手，连他也无法回答曾国强这个19岁的小伙子身上究竟藏有多少力量。

在苏联的训练结束了，运动员返回了中国。而此时，离参加奥运会的日子也越来越近了。

对于一个运动员来说，最难度过的就是大赛前的几天，所有的紧张、烦恼以及各种诱惑都集中到这一刻。

1984年7月，从北京飞往洛杉矶前夕，中国举重队训练馆里，名将吴数德、陈伟强、姚景远一次又一次地被成堆的记者包围着，照相机闪个不停，问题一个接一个，使他们应接不暇。

在一旁举重台上的曾国强看着这种情景，感到非常好奇。举重队的医生见曾国强看呆了，就逗他说："小曾，快到洛杉矶去拿一个冠军吧，也会有这么多记者来采访你。"

19岁的曾国强脸一下子红了，当奥运会的冠军，他没想过。他只想着把自己的浑身力气使出来。他对医生笑了笑，没有说话，弯腰在杠铃上又加了一个铃片，一下举过头顶。

栾菊杰艰辛练剑

1984年初,在世界强手如林的第二十三届世界杯女子花剑比赛中,栾菊杰第一次荣获了冠军。

对此,江苏省人民政府给她和文国刚教练各记了一次特等功。

此时,栾菊杰又盯上了第二十三届洛杉矶奥运会的金牌,她立志要到奥运会上去为祖国拿一块金牌!

谁都知道,奥运会女子击剑金牌只能有一个获得者。

为了能够获得这一块金牌,栾菊杰在文国刚教练的科学指导下,每周训练30多个课时,每周文教练个别带课五六次,每次45分钟到90分钟。

人家练6组,她练8组;叫她跑6圈,她跑10圈。大家都知道,栾菊杰是个有名的"吃不饱"运动员。

她为了要增加个别课时,跟文教练吵过嘴,掉过泪,作过"检讨"。但是她从来没有消沉过,气馁过。

在她作为击剑运动员的生涯中,可以说,她几乎没有什么节假日,就是一年一度的春节也最多休息半天。击剑已成为她生命的组成部分。

时光锤炼了栾菊杰的三尺长剑,它在她的手中,变得凶狠、灵活、多变、准确,令许多强手望而生畏。

然而,就在技术有所提高的时候,病魔又席卷而来,把从不肯倒下的栾菊杰击倒了。

她躺到了医院的病床上,看着"肾盂肾炎"的诊断书,泪水缓缓地流了出来。

她为时间的流逝而苦恼,她为自己不争气的身体而痛哭。

病稍好转,她就瞒着医生偷偷地练起来,病还没痊愈就匆匆出了院。

她时时刻刻铭记着自己的誓言:

> 祖国,我总不能两手空空回来见你。

有人劝她注意身体,她却把报告坏消息的化验单藏在口袋里,把病情好转的消息给文教练看。在她的内心,已经下定决心:

> 拼死也要去争冠军!

可以说,栾菊杰是一个能把梦想变为现实的人。她的信念是:

> 去拼!去做!绝不回头!

早在1978年,她带伤奋战两个多小时,荣获世界女子花剑青年亚军时,就被誉为"最杰出,最勇敢的人"。

但是，当时国旗升起来了。国歌却是人家的，她不满意。她还要在成年人剑坛上拼出一席地位来。

于是，她发了个许多人认为是疯狂的誓言："不进入世界前六名，不谈恋爱。"

虽然这条路困难重重，可是，栾菊杰毫不犹豫地朝这条道路走了过去。

一天天，她青春中最美好的时光，消耗在枯燥无味的几千次几万次重复训练中，她的快乐，她的幸福竟然是掌握了新的一招一式。

冬天，北风掠过江面灌进来，常常冻得人伸不出手。每天栾菊杰天不亮就起床，提前来到训练房里，进行模拟训练。屋里没有暖气，手常常被冻裂，钻心地疼，她缠上胶布继续练。

夏天，练习房里热得像蒸笼。她穿着厚厚的击剑服，戴着头盔，一练就是一下午，衣服总是湿得能拧出水来。她始终憋着一股不达目的誓不罢休的劲头。

她在入党时宣誓说：

我拿起剑来，就决不放下。

自此，栾菊杰的成绩稳步上升。1978年，在汉堡举行的第三十四届击剑锦标赛上，她名列第三十二名。

1979年，在墨尔本第三十五届击剑锦标赛上，她获得了第十四名。1981年，她在世界击剑锦标赛上跻身于八强之列。但是,冠军却总与她无缘,一次得第二,一次得第三。

于是,栾菊杰又发了一个"疯狂"的誓:

不拿冠军,不奏国歌,我不结婚。

终于,1983年,栾菊杰在德国举行的第六届国际女子花剑比赛中获得冠军。但是,这不是她的终点,她的目标是第二十三届洛杉矶奥运会。

跳水队做好一切准备

1984年初,为了适应奥运会场地,中国跳水队派运动员到洛杉矶参加跳水邀请赛。

这次参加邀请赛的是江苏姑娘吕伟。几个月来,跳水队一直在吕伟和周继红之间进行着认真的比较和选择。

这两个姑娘各有特点,因此,派去奥运会的人选迟迟难以拍板定案。没有人能预测到谁会拿到冠军。

面对这种局面,周继红对领队赤晓军说:"我就想着是我去奥运会。"

领队说:"如果不让你去,让别人去,怎么办?"

周继红却笑着说:"我可从来没想过我不去。"

她拼命地练着,为去奥运会做准备。越是练得不顺当,她就练得越起劲。

六月里的一天,吕伟在训练中被杠铃片挤伤了手指,缝了七针。意外的事故决定了两个姑娘的命运。

吕伟是去不成奥运会了。机会,同时也是责任,便落在了周继红头上。

9月,周继红在奥运会预赛中,出人意料地获得了第一名。

徐教练怕她背包袱,就嘱咐她说:"预赛第一没用,决赛第一才是真格的。你明天要放开比,不要有什么顾虑。"

但是，对于周继红的表现，徐教练还是不放心。在十米跳台上周继红总是显得有点满不在乎，徐教练心中可不轻松，要知道，预赛第一而在决赛中掉下来，对于周继红来说，可不是头一回了。她毕竟太孩子气了……

对周继红，徐教练可是费了不少心。自从1981年2月，周继红来到徐益明教练这个组时，就开始了。

徐教练同时带好几个运动员，大家排着队练，跳完一次后要等好长时间才轮到第二次。

训练时间拉得长，可又练不了几次，周继红心里直着急。

徐教练看到周继红急切的样子，便亲切地询问她的想法。

周继红撅着嘴说："我觉得练得太少了。"

徐教练说："那咱们想想办法吧，这样，以后你们几个小队员晚上来训练，好吗？"

周继红一听就笑了，拍手说："好，那我可以多练了！"

可她却没想过，就只有一个徐益明，他又没有分身术，白天带老运动员，晚上还要带小队员，他哪儿来的那么多时间啊？

这下子，周继红练得开心极了，徐益明却辛苦了。他几乎一头扎进了跳水馆，从早到晚，日复一日，年复一年，头发白了，喉咙哑了，家人都难得见上他一面，但他自己却毫无怨言。

而到了 1984 年，这次奥运会前的集训，徐教练更是操碎了心。

周继红也深知在奥运会这一跳的分量，她望着徐教练那被日光晒得黑黑的面容，一种强烈的想要跳好的念头占据了她的整个心胸。

周继红想："要是比不好，我真对不起祖国人民，也对不起徐教练和辛辛苦苦教过我的那些省队和体校的教练了。"于是，周继红暗暗下定决心，她一定要拿奥运会金牌。

二、挺进奥运

- 中国派往洛杉矶参加奥运会的共有353人，其中参加比赛的项目有：篮球、排球、网球、手球、体操、田径等十几个项目。

- 新中国的奥运代表团精神焕发地走出来。他们迈着有力的步伐，排着整齐的队伍。

- 每当中国队获得金牌后，黄先生总是异常兴奋地说："中国人又得金牌了！"

中国运动员开赴洛杉矶

1984 年 7 月,一架巨大的"波音 747"客机,呼啸着离开了首都机场的跑道,转眼间,就升向高空,消失在蓝色的天际。

新中国第一次全面登上世界体育舞台,中国的运动员和教练员将出现在第二十三届奥林匹克运动会洛杉矶赛场上。他们乘坐上这架飞机,开始了他们的征程。

机舱内,运动员们欢声笑语,谈论着即将参加的奥运会,谈论着领导对他们的嘱托,谈论着亲友们对他们的希望,谈论着自己参战的信心……

在一个机窗边,静静地坐着一个小姑娘,她是中国跳水队的队员周继红。她眼睛凝视着窗外,脸上露出了微笑,似乎她对这次征战洛杉矶充满了信心。

是的,对于中国体育代表团来说,这第一次的出征具有很重要的历史意义,他们肩负着为祖国、为人民争取荣誉的责任,同时肩负着加强与各国人民和运动员之间友谊的使命。

在半个世纪前,也就是 1932 年,那时中国还没有解放,也就在那一年,中国第一次派运动员参加奥运会,地点也在洛杉矶。

但那一次,中国派去参加奥运会的只有一名运动员和一名教练员。

在那次奥运会上，中国选手刘长春在男子 100 米短跑预赛中，就被淘汰出局了。

当时，美国的报纸讽刺说：

> 随着刘长春的失败，整个中国也失败了。

那是中国人被蔑视为"东亚病夫"的年代。

而今天，新中国成立了，中国这条巨龙腾飞起来了，中国的健儿将要在第二十三届奥运会上大展雄风，洗刷曾经的耻辱。

今天，中国派往洛杉矶参加奥运会的共有 353 人，其中参加比赛的项目有：篮球、排球、网球、手球、体操、田径、射击、举重、击剑、游泳、跳水、水球、摔跤、柔道、赛艇、皮划艇、帆船、自行车等。

在这 353 人的身上，寄托着祖国和人民的期盼，期盼他们能够突破零的纪录，获得丰硕的战果。同时，海外侨胞也同样希望一睹祖国体育健儿的风采。

尤伯罗斯作为主办国的负责人向中国派去了特使，希望中国能够参加这届奥运会。

当中国迎来洛杉矶特使后，中国领导人便同意前往参加第二十三届洛杉矶奥运会。

几天之后，赴华特使便向洛杉矶发去了令他们振奋的好消息：

中国将赴洛杉矶参加 1984 年奥运会！

　　中国决定重返奥林匹克大家庭参加比赛,是一个震动世界的重大新闻。中国的参赛声明,给尤伯罗斯以极大的鼓舞。

　　从此,中国人民在世界体坛拥有了自己的一席之地,也为今后光辉的体育事业打下坚实的基础。

中国队参加奥运开幕式

洛杉矶时间 1984 年 7 月 28 日，第二十三届奥运会开幕式，在美国的洛杉矶隆重召开。

奥运会开幕式在下午 4 时开始，在 1 小时 20 分钟里，140 个国家和地区，8000 多名运动员，踏着各国的乐曲进入奥运会场。

此时，新中国的奥运代表团精神焕发地走出来。他们迈着有力的步伐，排着整齐的队伍。我国男子篮球队员王立彬举着五星红旗，伴随着"三大纪律，八项注意"的乐曲声，出现在洛杉矶奥运会场上。

当中国运动员出现时，全场所有的人都站立起来，摇旗、鼓掌、欢呼，情绪极为热烈。

关于当时的场面，我们可以从篮球队员王立彬的一篇名为《我高举着五星红旗》的文章中看出来，文章写道：

> 时间在一分一分地过去，我们在一步步地向前挪动，终于轮到我们进场了。这时，副团长李富荣在我身后大声地对我讲："别紧张，旗子举得高一点！"我赶紧答道："放心！"洛杉矶体育场这时响起了雄壮的军乐声，听起来是那

样熟悉，那样亲切。我高举着五星红旗走入了体育场，顷刻之间，全场观众立即沸腾了，人们在跳跃，在欢呼："中国！中国！"欢呼声响彻云霄……

这时，置身于看台上的中国记者，也都为目睹这历史性的一幕所感动，挥动着双手向自己的队伍致意。

早在52年前，中国也曾在同一地点，我国运动员刘长春一个人出现在奥运赛场上，冷落异常。而现在这一切已经变成一个遥远的记忆了。

这次奥运会的吉祥物，是美国人民想象中的一个活泼可爱、友善而又调皮的山姆鹰。山姆鹰长着一个滑稽的大脑袋，有着一双又蓝又大的椭圆形眼睛，而它的鹰钩鼻子几乎占去了脸部的二分之一，始终微笑着。山姆鹰头上戴着一顶蓝、白、红三色的绅士帽，这是美国国旗上的颜色，另外在夸大的脸蛋上装点着白头发、白睫毛、白胡子，一件紫色的衣服把身体从颈部到脚跟都遮住。整个造型幽默诙谐，是和平、进步、友谊的象征。

更让人感到兴趣盎然的是由人扮成的山姆鹰，扮演者穿着山姆鹰的服装，摇摇摆摆地走进比赛场地，给人们带来欢乐与祝愿。

中国运动员看到山姆鹰的到来，都蜂拥而来，同这些可爱的吉祥物拥抱，并合影。而这些调皮的山姆鹰一边和人们亲热，一边表演着精彩的节目。

开幕式向来是展现主办国民族精神与风土文化的最好的表演场地。今天的开幕式也非常精彩，在比赛的开始，万人歌舞表演的场面颇为宏大，很有气势。身穿美国拓荒时代服装的演员，伴随着好莱坞的电影《西部开拓史》的乐曲声，在绿色的草坪上演出精彩的歌舞剧。

随后，不同时代和不同风格的美国音乐舞蹈一幕接着一幕出演。同时，庞大的乐队演奏60首美国开国以来传统的和现代的乐曲。

在运动员入场后，奥运会开幕式的现场，开始准备点燃奥林匹克圣火。这是开幕式的高潮所在，是由谁来传递圣火呢？

此时，谜底就要揭开了。中国运动员都拭目以待这场点火仪式。他们只见在入场的通道上，出现了一团明亮的火种，那是奥林匹克圣火，举着它的人是一员女将，她是杰西·欧文斯的孙女吉娜·韩非尔。在她绕场一周后，火炬由1960年，罗马奥运会十项全能金牌获得者强生接了过去。只见他跑上了火台，高举着圣火，通过五环，点燃了熊熊圣火。

晚上8时，穿着各国服装的表演人员，在晚霞的映照下，缓步进入了会场。会场中响起了歌声："伸出你的手，轻抚你的朋友，共同建设一个美好的世界……"

在歌声中，场内的8000名选手，包括中国运动员在内，都携手欢舞，场外9万多观众并肩击掌。

开幕典礼在和睦友好的气氛中结束了。

中国队进驻奥运村

洛杉矶时间1984年7月,中国代表团进驻第二十三届洛杉矶奥运村。

中国代表团所住的楼叫作"海德里克",通常人们称其为"五号楼"。

根据组委会规定,各代表团住地每一楼层至少设有两名保安人员,每班8小时,24小时都有人值班。

可是,后来晚上那班变成一个人了,而且从来不换人,总是那个叫道格哈迪的小伙子。按规定,他每天晚上9时30分上班,但他基本上都提前半个小时到。由于他对工作极为认真,所以他的上司决定只派他一个人值班。

道格哈迪是爱尔兰人的后裔,留着小胡子,戴着一副白框眼镜。他是一个非常健谈的人,带有一点书生气。每一次来值班,他都背着一个大得不得了的旧皮包,里面装着一筒需要煮着喝防困的咖啡,其余的便是书了。

中国代表团的运动员每次比赛回来,都是午夜了。而这时,楼下的餐厅已经关门了,而一天24小时开放的餐厅离5号楼又比较远,劳累的运动员不愿再走那么远去吃不合口味的洋晚餐了。因此,他们就煮些方便面来充饥。

每到午夜时分，5号楼的那个电炉灶旁就站满了中国队员，他们一锅锅地煮着方便面。然而，人多锅小，盛面的喝水杯子更小，费了很大的力气煮好面，盛到小杯子中，几口就吞下去了，对于饿了10来个小时的队员们来说，根本解决不了问题，而且又费时间。

对于这个问题，道格哈迪很快就发现了，他便不声不响地从楼下的餐厅里找来整箱的碗、杯子、叉子、勺子，并且还从城里的中餐厅里找来了一次性的木筷子。

中国队员都非常感激道格哈迪，每次煮好面，无论有多饿，总是把第一碗面端给道格哈迪。

中国队有一个会讲英文的队员，把方便面端给道格哈迪时用英文说："吃掉它。"

而道格哈迪每次接过面时，总是睁大眼睛问道："给我的？"在道格哈迪得到肯定回答后，他又总是很客气地说："噢，谢谢。"

从此，道格哈迪喜欢上了中国的方便面，更喜欢上了中国运动员好客直爽的性格。

每天清晨，道格哈迪都会把小厨房打扫得干干净净、一尘不染，新的碗和新的勺子、叉子都会整齐地摆在台子上。偶尔还会看到一张纸条，上面是道格哈迪用英文写的内容。

其大意是：

还有一些碗放在壁橱里。晚上我再去取

些来。

再见！

道格哈迪

5时30分

中国代表团在洛杉矶不仅同外国朋友建立了美好的友谊，而且同华人之间更是充满了亲情。这其中有很多动人的故事。

比如，给中国代表团开车的那位司机姓黄，原籍是广东梅县，现在在南加州担任体育讲师。黄先生放弃暑假休息，志愿报名参加奥运会的接待工作。

在洛杉矶进行比赛的日子里，代表团几乎都是非常忙碌的，出车的时间比较多，跑的地方也有远有近。二十三届的奥运会比赛场地分散在东南西北，跑程近的也要开车半个小时才能到，远的就要两个小时了。

而在美国开车，车子一上高速公路，时速一般都在100公里开外，这就需要开车时必须高度集中精力，不然容易出意外。

不过，这位黄先生已经有10多年的开车经验了，再加上那几天特别兴奋，仿佛他有着用不完的力气。

每当中国队获得金牌后，黄先生总是异常兴奋地说：

中国人又得金牌了！

我们海外赤子这下可扬眉吐气了！

有几次很晚他才开车回来，但马上又要开车出去，于是中国队员便很担心黄先生的状况。

黄先生发觉后，便把车上的玻璃窗摇下来，让清凉的微风吹吹脸，然后笑笑说道："没有问题，我的精神很好，给祖国亲人开车，我知道这分量。"

还有一个同样感人的故事。那是住在长滩的一家华人，户主名为滕健耀，祖籍是山东烟台，他是一位神经外科专家。

滕先生虽然在美国住了有50多年，但是仍然说着一口流利的烟台话。他为人非常直爽，喜欢同人交往。

奥运会排球赛的场地在长滩，离奥运村乘车有一个小时的路程，但离滕先生家只有17分钟的路程。

于是，这天，滕先生找到中国女排领队，郑重地提出："滕家愿做女排赛前的大本营。"

其实，滕先生早在这之前就非常关心中国女排。他在代表团抵达洛杉矶前曾在当地华文报纸上发表过一篇《女排与牛排》的文章，论述了女排为了在比赛时有体力，应如何适应西餐。

在决赛前，滕先生和他的夫人费了很多心思，在家中准备了中式家常饭。

他们准备的食物非常丰富，主食有：烧饼、花卷、豆沙包、绿豆稀饭；菜类有：叉烧肉、酱牛肉、肉丝榨菜、大白菜、炒豆芽等。

随后，滕先生用全家所有的机动车辆将姑娘们接到自己的家中，让大家饱餐一顿。

接下来，女排队员们在比赛场上以3比0的成绩取得了金牌，滕先生看到中国五星红旗升起时，他由衷地笑了。

这就是中国代表团在洛杉矶比赛时的生活，这里面充满了人与人之间的情谊，充满了华侨对祖国的无限热爱，充满了华人同中国人民血脉相连的亲情。

三、决战奥运

- 就在许海峰第五次举枪后,人们只听"砰"的一声,清脆的声音震撼了整个射击场。"10环!"中国运动员高声欢呼起来。

- 日本队教练山田重雄在赛后表示:中国女排太出色了,在第一场以1比3失利的艰难情况下,在关键时刻能以3比0获胜,实在太了不起了,向世界证实了她们是最好的。

- 美国体操名将威德马尔称赞说:"李宁是有史以来的最伟大的体操选手,作为一名体操绝技表演者,他已自成境界。"

许海峰夺得首枚金牌

洛杉矶时间1984年7月29日上午,在洛杉矶普拉多射击场上,前来观看的观众人山人海,记者队伍也异常庞大。

第二十三届奥运会的第一枚金牌将在这里产生。

这时,参加男子手枪慢射比赛的37个国家的55名运动员一字排开,站在靶位上。

第四十号靶位上的选手是许海峰,他身上的号码是33号。

比赛开始了,外国记者把注意力集中在51岁的瑞典老将斯卡纳克尔身上。他曾在1972年慕尼黑奥运会上夺得这个项目的金牌。

手枪慢射要打60发子弹,习惯上把每10发称为一组。时间为两个半小时。

许海峰的目光紧紧盯住平正准星,枪口均匀地按顺时针方向晃动。平正准星与靶心吻合了,只听"砰"的一声,第一发子弹射了出去,正中10环。

接下去是第二枪,第三枪,连中10环。第一组10发子弹打完了,7个10环3个9环,他为比赛迎得了一个好的开始。

许海峰开始打第二组,又是几个10环。这时,在扣动扳机的一刹那,他的心里忽然叫了一声"不好"。

精湛的技术使许海峰在扣动扳机的瞬间便能断定子弹打中几环。他在想,这一枪上了8环。

果然,裁判报了8环。这一组是8个10环,一个8环和一个9环。

之后,美国的一名裁判走到中国射击队总教练张福面前,对他说:"你们的运动员有可能拿冠军。打完之后请到XX房间去。"

这是要进行例行的"尿检",防止运动员使用兴奋剂。

但是,许海峰却忽然不知去向,并且久久不归。原来他敏感地意识到,由于打得过好,自己的神经开始兴奋。第三组出现8环之后,他便找了个没人注意的角落做气功去了,而且一去就是一个半小时。

回到40号靶位后,许海峰又一次举起了枪,然而,刚刚和兴奋做了斗争,他又要同紧张做斗争了。形势已经把他逼得只能背水一战。

记者们呼啦啦在他背后围了一群,有的开始采访中国记者,有的开始起草电稿,观众席上的人们在议论、在呼喊。

许海峰回过头一看,只见一架架照相机对准了他,接着便是一阵阵按动快门的声音。

赛场上的喧嚣声实在太大了,监察员举起一面红牌挥舞着,示意记者和观众安静。声音这才稍稍减弱了片刻，但马上喧嚣声又一浪高似一浪。监察员不得不同时举起两面红牌，上面还写了"安静"的字样。

可是，对于狂热的观众，红牌失灵了，直到比赛结束，红牌一共无可奈何地挥动了15次之多，但却毫无效果。

许海峰从没有经历过这样喧嚣的场面，以往的比赛场上都是鸦雀无声。

赛前他设想过场上可能出现的各种情况，却没有料到美国观众如此狂热，各国记者又是那样地勤奋和肆无忌惮。他的成绩开始下降，最低的一组降到93环。

还剩最后一组。瑞典老将斯卡纳克尔却一枪枪把成绩追了上来。

许海峰知道，按照自己现在的状况，将会出现更加糟糕的局面。于是，他慢慢坐在椅子上，微微闭上了双眼，他要使自己的心情平静下来。

而此时，中国体育代表团副团长陈先和黄中更是紧张异常，心脏像要跳出胸膛。

这一轮，轮到许海峰射击了，只见他缓缓站了起来，举起枪，瞄准之后轻轻扣动扳机，10环；再一枪，9环。

然后，他又坐下来。这一组他几次站起来又几次坐下。在这紧要的时刻，他用巨大的毅力镇定着情绪，采取了稳扎稳打的方针。

忽然，当他又一次起身射击的时候，竟出现了两个8环。所有的观众与在场人员全都惊呆了，场上顿时安静下来。

这时，许海峰把手枪丢在一旁，拉过椅子转了个方向，背对着观众席坐下，双手掩面，低下头去。

在这最后的时刻，别的射手已经收了枪，场上出奇地静，静得令人喘不上气来。

许海峰把双手从脸上放下来，又开始练气功了，只见他拇指按住太阳穴：静气功！气沉丹田，血脉归心……

过了一会儿，他终于站了起来，熟练地装好子弹，笔直地举起右臂……"砰、砰、砰"。

9 环

9 环

10 环

…………

现在，只剩最后一发了，他的枪又放下了。这是最后致命的一发，生死一战在此一举了。

9 发子弹打了 81 环，而这最后一轮的最后一枪分量太沉、太重了！

此时，人们也都屏住了呼吸，望着许海峰慢慢地举起了枪，然而他的手臂又放下了。之后，他再举，再放下……

枪口一共举起了 4 次，同时也落下了 4 次。他的举动撕扯着在场的每一个人的心。

就在许海峰第五次举枪后,人们只听"砰"的一声,清脆的声音震撼了整个射击场。

10 环!

中国运动员高声欢呼起来。

胜利了,这是历史的一枪。许海峰终于以一环的优势战胜瑞典老将斯卡纳克尔,为中华民族拿到了第一块奥运会金牌。

在场的国家体委副主任陈先,60多岁的老人,热烈地拥抱着这位神枪手,热泪滚滚地说:

小伙子,祖国感谢你,人民感谢你!我是个老体育工作者,几十年了,总算亲眼看到了这一天!

此外,黄中和在场的其他中国人员再也无法抑制激动的心情,纷纷同他拥抱在一起,喜悦的泪水止不住地流了下来……

曾国强举重夺得冠军

洛杉矶时间1984年7月29日21时，夜幕低垂，在第二十三届奥运会揭开战幕的第一天，马利蒙特大学举重竞技场开始了紧张的比赛。

其实，早在洛杉矶时间7月27日，曾国强来到洛杉矶后，就开始减体重。这是各国举重运动员在比赛前都必须过的一关。

对于举重运动员来说，有两个"坎"，一个是平时训练能吃苦，一个是过好减体重关。因为世界上没有一个举重运动员平时能把体重保持在自己要参加的那个级别里。

曾国强此时的体重是55.7公斤，而他要参加52公斤级的比赛，也就是说，从7月27日到7月29日的这3天时间里，要从身上去掉近4公斤的重量。之后，等着他的又是艰苦的，需要力量的竞争。

曾国强从27日起，每天不吃饭，不喝水。结果，饿得他头昏眼花，浑身无力。27日，他还坚持去训练，可到了第二天，他就没有一点力气了。

教练看着曾国强难受的样子，也非常心疼，便对他说："今天，你跟我到食堂去，只准吃一点，不准喝水。"

曾国强却有气无力地回答说："我不去了，你给我带一个鸡蛋来吧!"他不愿意去食堂,看着别人狼吞虎咽地吃饭,自己会更受不了的。

其实,曾国强的个头并不高。在欢迎中国运动员的招待会上,有一位身高1.80米以上的美国电影喜剧演员谢利·伯曼,他问身高只有1.58米的曾国强:"小伙子,你是从事哪一项运动的?"

"举重。"曾国强回答说。

"你是举重运动员?"美国人不太相信,个子这么低,怎么可能是举重运动员呢?

曾国强又点点头,他怕对方不相信,又举起双臂,强调说:"举重!"

美国人笑了,他一下子把体重刚刚过50公斤的曾国强高高地抱起。他也许在怀疑,这个苗条有余,而与大力士形象严重不符的小伙子,能举起超过自己体重一倍的铁家伙吗。

曾国强笑了,他也想去抱一抱那个大胖子美国朋友,但忍住了。如果谢利·伯曼允许,曾国强完全可以把他高高举过头顶。他的90公斤的体重远远轻于曾国强轻易举起的杠铃。

终于到了洛杉矶时间29日16时,到了曾国强检验体重的时间。

此时,他走起路来都感到有点飘,晃晃悠悠地,浑身无力,腿好像已经不属于他自己了。

检验体重的结果,曾国强是51.7公斤,完全符合参加 52 公斤级的比赛。

有时候，体重胜利地取得也是至关重要的。因为，如两个举重运动员在成绩完全相同的情况下，体重轻的一个就名次在前。

在称体重时，曾国强发现一些外国运动员的"个头儿"都比自己大，肌肉也发达，可是都参加 52 公斤级的比赛，他握了握拳头："到时场上见，比力气不比'块头儿'。"

体重检验完后，曾国强吃了一点面条，又吃了一点肉，他觉得肉和面条是世界上最好吃的东西，肚子又开始热起来，力气又回到他的身上。

18 时，在马利蒙特大学举重竞技场，52 公斤级的比赛开始了。

记者的镜头和笔尖都对准了去年在世界举重锦标赛上取得好成绩的日本运动员真锅、宫下。

而电脑提供的信息也表明，真锅夺标的希望最大。至于曾国强，电脑提供的信息太令人悲观了，一年前，他仅仅是中国的第八名。

对此，曾国强后来说，他在举重台上什么也没想，当个举重运动员，最佳品质就是要精力集中。

等轮到他去试举的时候，只见他快步走出休息室，走上举重台。他有些不敢抬头看观众席，他一心只想能够举出最好的成绩来。

当他出现在几千名观众面前时，许多人略略有点怀疑，因为曾国强的体型与其说是举重运动员，不如说更像体操运动员。

身穿橘黄色西服的裁判员神情严肃地各就各位。黑色电子显示牌在彩色相间的幕布映衬下显得格外耀眼。

记者席上的各国记者纷纷举起照相机、摄像机,都在选择理想的拍摄角度,当然这不是对着曾国强的。

走上举重台,他一眼就看见在台中央的那个铁家伙,他已经3天没摸它了。别人都是从80多公斤开始试举,而他一上来就从100公斤开始试举,好大胆量,他能行吗?

他身高1.58米,在北京买不到一条合适的裤子穿。裤子长短合适了,就嫌太瘦,因为他练就了两条铁塔般的腿,只要你看看他那一块块棱角分明的肌肉,你就会发现在他的身上蕴藏着巨大的力量。只有这样的腿,当100多公斤的杠铃举过头顶时,人才能站得住。

他慢慢地走到杠铃前面,神情微微有点紧张,他弯下腰,一把握住了杠铃杆,冰凉冰凉的,他一下子兴奋起来。他猛地把杠铃拎起来,想举过头顶。观众席上发出一片叹息声,他竟失败了。

他坐在休息室里,失败使他在一瞬间冷静了下来。他不断地对自己说:"我能行,第二次我一定能行!我在北京举的比这个重好多呢。"

他再一次站在杠铃面前,那震耳欲聋的欢呼声,他一点也听不见,他也什么都没有想。

他深深吸了一口气,在不到一秒钟之内,把杠铃高高地举过头顶，直到裁判席的白灯亮了，示意他可以放下杠铃，成绩算数，他才把它扔下来。

他的抓举成绩是105公斤，位居第三位。

在休息了10分钟之后，挺举开始了。挺举第一次试举的重量公布了，曾国强是最后一个出场，起举的重量是130公斤，许多外国记者不以为然地互相望望，都认为他要的这个重量太冒险了。

日本的两员虎将真锅和宫下，因为降体重的影响，大失水准。挺举后真锅的总成绩仅为230公斤，已被挤出夺魁之列。

宫下也只有一次试举机会了，即使成功，总成绩也才232.5公斤，夺冠无望。

现在，只要曾国强举起眼前这个130公斤重的铁家伙，总成绩就可达到235公斤，金牌就可以得到了。

他似乎有点轻松地走上了台。后来，他对此时的场景回忆说：

> 那时，我什么也没想，举重就是要求运动员要精神高度集中，我只想着拼了！拼了！

当曾国强镇静地站在杠铃前时，全场鸦雀无声。

19岁的曾国强紧了紧腰带，深深地吸了一口气，屏住呼吸，两眼注视着前方，全身的肌肉都膨胀起来，浑身的力气都凝聚在两只手上。

他缓缓地弯下腰，一把抓住杠铃杆，死死抓住。经过减体重，手上的肉也少了，此刻，他感到手抓杠铃比以往抓得要牢得多。之后，他猛地发力，把杠铃提起，一翻腕，托到锁骨上，在一刹那之间，他大吼一声，一个弓步，把130公斤，比他体重两倍还多的钢铁，举过了头顶。

随着杠铃的举起，标志成功的三盏白灯同时亮了，随即，全场爆发出了掌声与欢呼声。

曾国强在欢呼声中，把杠铃扔在了脚下。

在曾国强刚刚下场后，记者就马上把他包围起来。而此时，曾国强有点惊慌失措，他还没有意识到这么多各种肤色的记者，这么多照相机、录音机、话筒对准自己是什么意思。

他不敢相信自己已经得了冠军。因为，对他这名青年选手是否参加这次洛杉矶奥运会，还经过一场激烈的讨论，决策者酝酿了好久，才下了狠心，在报名的最后期限，才决定让他参加第二十三届奥运会的。

他呆呆地站在记者中间，不知说什么好，不知回答哪一个记者好。多亏了教练把他救出来。

他坐在休息室里，医生在兴奋地给他按摩腰和肩膀，他还有点恍恍惚惚，不敢相信已经发生的一切。

他觉得，自己还可以比得更好些，他握了握拳头，还有好多力气没有使出来呢。平时训练中，他的总成绩曾达240公斤呢！

当教练兴冲冲地跑进休息室，大声喊道："小曾，领奖了！"

他才慌张地穿起印有"中国"两个大字的运动服跑出去。

此时，大洋彼岸的北京，已是阳光灿烂。一条喜讯，从夜幕低垂的洛杉矶越过大西洋传到了阳光灿烂的北京。中国健儿在第二十三届奥运会上夺得了第二枚金牌，金牌得主是曾国强。

在许海峰获得奥运会第一枚金牌，全世界都在惊讶之时，曾国强再一次证明了中国人在奥林匹克历史上揭开了新的一页。

曾国强，这个名字对 10 亿中国人来说是很陌生的，他能够夺得冠军这一消息简直是令人难以置信的。就连留在北京的曾国强的教练陈冠湖在得到这个信息时，还在电话里追问了一句："你再说一遍是谁？"接完电话，他还是有点不相信他的学生。

一年前，在 1983 年全国第五届全运会上，曾国强才是第八名，从中国的第八名到奥运会上的第一名，这中间只用了不到一年的时间，这一步迈得太大了。

吴数德举重再添一金

洛杉矶时间 1984 年 7 月 30 日 17 时 40 分，在马利蒙特大学格斯顿体育馆，正在准备举行第二十三届奥运会 56 公斤级举重比赛。

赛场后面的休息厅里，20 位大力士一丝不苟地进行着赛前热身。

中国队教练黄强辉靠墙坐下，依次端详着这些肤发各异、异常健壮的小伙子们。他尤其仔细地观察中国队的主要对手：罗马尼亚的马弗泰、日本的小高正宏等选手。他要凭自己的眼睛和经验，判断对方的实力，看看自己制定的战术是否合适。

这之前，黄强辉为吴数德定的战术是：抓举第一把要 120 公斤，争取领先对手 10 公斤；挺举第一把要 140 公斤，可以输掉 5 公斤。

此时，在黄强辉的观察下，他得出一个结论：看来一切尚好，对手还不算很厉害。

可是，这时的主力队员吴数德，感觉可不好。今天，一上午他又是粒米未食，滴水未进。他摸着杠铃，觉得那根铁棍特别粗，举到 90 公斤以后，腰就发软，摆起来很不利落，头还有一些发晕。经验告诉他，要出麻烦。

其实，早在昨晚吴数德就感到身体状况越来越差。

他和另一名运动员赖润明懒懒地躺在床上，两个人都无精打采，全然没有平时生龙活虎的样子，也看不出第二天就要比赛的跃跃欲试的劲儿。

"赖仔，"吴数德对赖润明说，"说点什么吧。"

"说什么呢？"赖润明没兴致，"我饿得心发慌。"

"光饿倒也好了，我嗓子都快着火了。"吴数德叹了口气，"唉，真想喝口水。"

"我看，咱们可真到上甘岭了。"

吴数德就要参加奥运会56公斤级举重比赛，可是前一天他的体重还是60公斤。他必须把这4公斤"多余"的分量减下去，否则就会被取消比赛资格。

这一天，他从早晨起，就跑进桑拿浴室，在闷热的蒸汽里待着，让身体里的水分变成浑身大汗流散出去；他还要坚持训练，以便消耗掉体内的脂肪。此外，他一天只能喝一杯牛奶，吃四五片面包，便什么也不能入腹了。而且，他还要拼命抵制那些精美的食品和饮料的诱惑。

而最令人难以忍受的，是眼看着美味的食物，却不能入腹。奥运村内，餐厅昼夜开放，供应令人眼花缭乱，色味俱佳的各式菜肴、主食、汤、点心、水果、可口可乐。

吴数德不敢多看这些美味，甚至怕看见别人吃喝的样子。晚上他和赖润明哪儿都没敢去，想在大厅里看电视打发时间，但是可恨的可口可乐，加上麦克唐纳快餐食品几乎没完没了地隔几分钟便在广告节目里出现一次，配着迪斯科的节奏，轰击着吴数德的胃和神经，使他嘴馋、心慌，使他无可奈何。

于是，他们只好躲进自己的房间里，躺到自己的床上。

"赖仔，你想什么呢？"

"我想，比赛完了，我要狠狠吃一顿，沙拉、煎泥肠、火腿蛋、焖牛肉，对了，我要到唐人街去吃中餐……"

"哎呀，别说了！你不说吃的行不行。"

"那我就喝上一箱子可口可乐，还有咱们的维力汽水。"

"别说了。"吴数德几乎在央求。

两人都不说话了，又渴又饿。吴数德拧灭台灯，他想，睡着了就好了。

但是，吴数德怎么也睡不着。虽然又渴又饿，思维却异常活跃。

1980年，吴数德参加全国举重锦标赛。为了减体重，他不吃不喝，囚徒似的在床上躺了整整两天。这段经历使他形成一种怎么也摆脱不了的心理习惯，重大比赛前，他求胜心切，急欲比赛快开始。

但是，一旦到了为减体重而挨饿受渴的时候，他的雄心壮志便烟消云散，甚至可笑地希望比赛因故取消。

忍受饥渴，这还是小事，但在体力受到严重损耗的情况下去到赛场上和其他大力士进行激烈角逐，恐怕谁都会觉得心里没底。

此时，吴数德正处在竞技状态的低谷中。

吴数德的队友都说他善于比赛，每临大赛有"静气"，能无视干扰，发挥正常。但今天，吴数德对自己的信心却把握不住。他嘴唇很干，这不单是因为口渴，还因为紧张。他觉得思绪很乱，头脑中好像还有什么更令人不安的东西，担心明天是否能够举起100多公斤重的杠铃。

早在出国前，主教练黄强辉就提出举重队拿一块半金牌的指标，并没有"分配"给个人。但包括吴数德自己，谁都清楚这一整块金牌，是托付给他了。

到洛杉矶后，吴数德表面上一如既往，沉稳自信。在中国代表团举行的记者招待会上，他曾毫不犹豫地回答记者的提问说："我就是拿金牌来了。"

出现在新闻记者和摄像机面前的他，通常是在摆弄电子游戏机。但他心中不踏实，他觉得压力很大。在做拉力训练时，吴数德把杠铃加到了130公斤。

自己的队友曾国强，在52公斤级比赛中，一举夺魁，使吴数德在高兴中感到压力增大。轻装上阵和承受着拿金牌的压力去比赛，是不一样的。

明天，吴数德要迎战的主要对手是罗马尼亚和日本的选手。论以往的成绩，他处于领先地位。但是，现在的吴数德舔着干裂的嘴唇，很担心眼下的身体状态，不知明天能否发挥正常水平。

吴数德望着窗外的满天繁星,异国他乡,只有夜空是他熟悉的星光灿烂,这是美国的夏夜。

第二天,比赛就要开始了。

吴数德在热身时,黄强辉也感到他的状态不对劲。吴数德抓举110公斤时,动作失常,展体展不开,勉勉强强举过头顶,杠铃差点从脖子后头掉下来。黄强辉知道吴数德训练时偷偷加强度的事,也清楚他减体重熬得太苦,这无疑使他的体力大打折扣。

黄强辉站起身来,想道:"看样子,他的'库存'不够了,抓举第一次试举要不要改成117.5公斤?"

黄强辉点燃一支烟,迟疑着。昨天曾国强获得金牌后,黄强辉大大地松了一口气。然而今天一走进体育馆,他还是紧张了起来。

黄强辉知道,不能把自己的紧张情绪传染给运动员。吴数德已经很不轻松了。在这个时候,一语不当,会造成难以预料的后果。黄强辉坐了下来,现在应该给吴数德的只能是信任。

对于运动员来说,压力是看不见的,却足以致人于死地。运动员大吼一声,神气十足地举起杠铃的一刹那,只要有人用小拇指在他肩头一点,他就会立刻垮下来。

此时,吴数德看到教练黄强辉正在悠闲地抽烟,教练的神态使他镇定了下来。

吴数德虽然紧张,感到压力沉重,但心中并不慌乱。

他知道，举重比赛是力量和意志的拼搏。在减体重后力量下降，意志将起决定性的作用。

"意志，"吴数德默念着，"意志……"

"喂，待会儿露一手。"赖润明走过来说。

"赖仔，我怕是不行了。"吴数德努力把电影演员的话学得像一些，"我如果牺牲了，你可要替我报仇哇。"他的普通话带广西味儿。赖润明笑了，吴数德也笑了。

18时，56公斤级举重比赛开始了。

此时，裁判台报出吴数德的名字。电子显示屏上用英文打出"中国第一次试举120公斤"的字样。

观众席上爆发出热烈的掌声，夹杂着跺地板声和口哨声。吴数德是夺标大热门，连本地和香港报纸，都事先就约好请他赛后谈拿金牌的感想。

吴数德走进比赛场。他抽签抽得第一号，这是一只坏签，无法根据对手的成绩来调整自己的战术。

不过，吴数德不在乎，他对赖润明说："第一号就是第一名嘛。"

说完，吴数德就走上举重台。吴数德第一次试举120公斤成功，但在抓举125公斤的时候，他一摸杠铃便知道没希望了。腰里像塞着棉花，根本就摆不起来。他竭尽全力，也无济于事。两次试举都失败了。

这是举世瞩目的奥运大赛，人人都紧张得要命。罗马尼亚和日本选手，甚至连115公斤都没举起来。

只有赖润明好似疯了一样，居然举起125公斤，这是他从未有过的好成绩。

吴数德一回到休息厅，就埋头做准备活动。他觉得头昏身软，体力已经不多了。挺举是他的弱项，他在体重上吃亏，要拿冠军必须领先同伴 7.5 公斤，这在今天几乎不可能。更何况挺举又是罗马尼亚和日本两国选手的强项，他们完全可能追上来。

此时，在这个希望渺茫的时刻，夺取金牌的愿望却如此强烈，吴数德谈不上懊丧，谈不上心烦，一股说不出的感情牢牢地缠绕着他。父母师长，朋友同志，祖国的高天厚土，难道就这样辜负了？

窗外又将升起灿烂群星，在祖国，在故乡，此时正是烈日炎炎的白天。吴数德面色平静，眉宇间流露出自信与傲气。希望不大，但不是没有希望。吴数德喘着气，一遍又一遍做准备活动。后路已经没有了，必须背水一战。汗水渗出毛孔，大滴地在身上滚动。

他想，眼下胜负未定，要像男子汉那样拼到底。就是输了，也要输得漂亮。

7 时 20 分，抓举比赛结束。运动员将休息一会儿，然后进行挺举比赛。

7 时 40 分，吴数德挺举 140 公斤成功。小高正宏挺举 140 公斤成功。赖润明挺举 140 公斤成功。马弗泰挺举 145 公斤失败。

8 时 10 分，吴数德挺举 145 公斤成功。小高正宏挺举 145 公斤失败。赖润明挺举 145 公斤失败。马弗泰挺举

145 公斤再次失败。

8 时 40 分，小高正宏、赖润明、马弗泰三个人第三次试举失败。战场上还剩下最后一个人和最后一次机会。

这时，吴数德对黄强辉说："要 147.5 公斤。"

他累极了。举起 145 公斤，连他自己都觉得是奇迹。放下杠铃后，血一下涌上头顶，又一下涌到脚底，使他头晕目眩。

然而，吴数德情绪极好。他和赖润明已经把其他选手甩在后边，金牌肯定属于中国了。此时，他觉得压力一下子全没了，到洛杉矶后从来没有像现在这样轻松。没有紧张，却有渴望拼搏的兴奋。他感到力量在慢慢消失，新的力量又从每一块肌肉的缝隙中涌出。拼了，此时不拼，更待何时！

以前，他只在第五届全运会上举起过 147.5 公斤，那次他没有为减体重而挨饿，体力充沛。这会儿还行吗？12 年的举重生涯中，吴数德悟出一个道理：赛场上强手如林、关隘似铁，但真正的对手只有一个，就是你自己。战胜自己，便是成功。

这时，黄强辉也感到吴数德信心倍增。黄强辉忍住激动，对吴数德说："注意，不要受伤。"

当麦克风传出"吴数德，第三次试举 147.5 公斤"的声音时，吴数德刚刚做完准备活动。他疲惫不堪，不得不先站着喘喘气。

场上传来近于疯狂的喊声、口哨声、跺地板声。他们急切地等待着运动员的入场。

吴数德走进比赛大厅，走上举重台。喧哗声戛然而止，人们等待着最后的结果。

吴数德站在杠铃前，静静地待了几秒钟。他蹲下身来，用手量了量铁杠的距离。然后他双手握杠，猛拉、翻腕、蹲起，他用锁骨、肩膀、手脚死死抵住杠铃，深深吸了一口气。突然，用尽身上最后的全部力量，他把杠铃稳稳地举在头顶上。

裁判台上的灯亮了。大厅里掀起疯狂的浪潮，黄强辉、赖润明扑上去，抱住从举重台上有些踉跄地走下来的吴数德。

吴数德满面倦容，他从领队、教练、队友的拥抱中走出来，疲乏地闭上了双眼。他如愿以偿了。

站在最高领奖台上，吴数德笑了。

李玉伟摘取射击金牌

洛杉矶时间 1984 年 7 月 30 日，在洛杉矶普拉多射击场上，正准备进行移动靶比赛。

李玉伟到了射击场，心里感到有几分不踏实。因为昨天由于美方的临时变动，他未能赶上到射击场的班车，从而影响了训练。一天未到靶场，他感觉就好像多年未到靶场了！

其实，李玉伟同队友一起乘坐中国民航班机，越过太平洋，来到了大洋彼岸的洛杉矶后，他就立即投入到训练中去了。

当时，李玉伟无暇欣赏洛杉矶的优美风光，每天一早就同队友乘车在高速公路上奔驰一个多小时，赶到射击场进行训练。

他要尽快适应这里的气候和场地，并探察一下各国运动员的实力。在洛杉矶的射击场上，李玉伟并没引起人们的注意。

在训练场上，人们注意的是曾获得世界锦标赛冠军和奥运会亚军的哥伦比亚选手贝林格罗特，世界锦标赛第四名的芬兰选手利沃宁，以及进入世界锦标赛和奥运会比赛前四名的意大利、法国等国家的选手。

美国一家杂志，赛前预测金牌的争夺认为是在贝林格罗特和法国选手特里奈勒之间展开，至于"黑马"，该杂志说澳大利亚的威尔逊可能是一个。

洛杉矶时间7月29日，是射击赛的第一天，李玉伟的队友许海峰，打破了中国在奥运史册上零的纪录，为祖国夺得了本届奥运会上的第一块金牌！

这个喜讯使10亿炎黄子孙无比振奋，也激发了李玉伟拼搏的决心。

参加这次比赛的25名选手，来自15个国家。根据抽签，李玉伟排在第七位出场。

美国人对射击有着特殊的爱好。今天，观众的人流一清早就涌进了射击场。他们当中有怀抱小孩的妇女，有坐轮椅的老年人，还有小学生。

比赛开始了，轮到李玉伟射击时，他做了一个深呼吸，沉着地瞄准了移动靶。

移动靶比赛分两天进行，第一天是慢射，共打30发子弹，第二天是速射，也是打30发子弹。

李玉伟果断地扣动了扳机，前10发慢射，仅出现一个9环，中间10发子弹又只打过一个9环，他越打越顺手，连连击中10环。

17分钟时间里，他30发子弹打完，命中了298环，差两环就满环了！成绩超过了所有参赛的对手。

第一天比赛结束之后，蔡教练和李玉伟在宿舍里，商量第二天的射击方案。

李玉伟谈了很多，教练只对他说："你还是要坚持快打。"

有经验的教练知道,在关键时刻,对运动员点出关键的问题就可以了。这也使得运动员增强自信心。

这天晚上,虽然李玉伟很自信,但仍思绪万千,躺在床上翻来覆去不能入睡。

已是24时了,他脑子里还想着:"坚持快打。"

7月31日5时30分,李玉伟和战友们又踏上了去射击场的征程,迎接新的战斗。

速射打起来比慢射困难。靶子出现后,刹那间,就会消失,运动员精神必须处于高度集中的状态,是比意志、比速度的战斗。

轮到李玉伟上场,他全神贯注,速射发挥较好,连连射中10环。

敏感的记者们看到李玉伟大有夺魁的希望,于是纷纷聚集在他的身后,对他的每次击发,都议论纷纷,场内人声嘈杂,这使得李玉伟难以集中精力。

"要保持镇静!"李玉伟告诫自己。

在场的队友和教练,不禁都为他捏着一把汗。

李玉伟有时默念着什么,有时他望望远方,做一些心理调整,稳定情绪。

最终,他打完了30发子弹,总成绩是587环!

当洛杉矶普拉多射击场上的枪声渐渐平息下来的时候,电视荧光屏上第一行英文字赫然显示出:

李玉伟—中国—587 环

他超过获得第二名的贝林格罗特 3 环！李玉伟登上了冠军的领奖台！

名不见经传的我国射击小将李玉伟，在第二十三届奥运会男子移动靶射击比赛中，出人意料地夺得了金牌，成为奥运会这个项目有史以来最年轻的冠军！

顿时，人群沸腾了！谁也没有预料过这么多人角逐的金牌会挂在这位中国小伙子胸前！

在场的记者，围住了李玉伟，谁也没想到——在过去世界锦标赛上一直榜上无名的中国选手，竟脱颖而出，一举获得了冠军。

记者们开始向李玉伟提出一个又一个问题。

"你是怎样训练的？练了几年？"

"参加过多少次国际比赛？"

…………

当他们听说这位 19 岁的选手是第三次参加国际比赛时，简直都有些不相信自己的耳朵了。

对此，曾在两年前到中国访问过的国际射击联合会秘书长霍·施赖贝尔说："我看到中国有很好的体育设施，射击场也是第一流的。教练员训练有方。当初我就感到，中国的射击运动几年内将有一个大的飞跃。但是无论如何也没想到进步这样快。"

和任何一位世界冠军一样，金光闪闪的金牌不是凭运气得来的，是经过艰苦磨炼的结晶！

国际射击联合会移动靶射击委员会主席、阿根廷的恩里克·雷沃拉过来热烈祝贺："太好了！太好了！"

雷沃拉拍着李玉伟的肩膀，朝他跷起了大拇指。他从口袋里掏出移动靶委员会的标记，贴在中国奥运会冠军的枪托上。

不少美国裁判也纷纷走过来同李玉伟握手，向他祝贺。

站在高高的领奖台上，李玉伟注视着五星红旗冉冉升起，他的眼睛湿润了：

祖国啊！您的儿子为您赢得了荣誉！

陈伟强举重再添佳绩

洛杉矶时间 1984 年 7 月 31 日，在马利蒙特大学的格斯顿体育馆，第二十三届奥运会 60 公斤级举重比赛即将进行。

这次我国参加比赛的选手是陈伟强，他从去年冬天开始，就为今天的决战进行准备了。

他针对自己年纪渐大、体力恢复较慢的弱点，着重加强身体素质训练，在技术上则着重攻克抓举这个弱项。

4 月，全国赛后，他总结了成绩不理想的教训，在训练中忍受着针刺一般的疼痛，抛开长期离不开的拉带，练到不用拉带抓起 127.5 公斤，比用拉带时的成绩还好；同时，适当降低训练量，避免出现伤病和过度疲劳。这回，他是带着完成任务的信心来到洛杉矶的。

住进奥运村，这里的电脑引起了陈伟强的兴趣。电脑不仅可以告诉你每项比赛的时间、结果，可以告诉你各项比赛的历史资料和每天交通车的开车时刻，可以给你的朋友留言，还可以查询各个项目优秀选手的简历和近几年的比赛战绩。

陈伟强在得知电脑有可以查询各个项目优秀选手的简历和近几年的比赛战绩这项功能后，就再也坐不住了。

陈伟强不懂英文，对着电脑荧光屏上的 ABCD 不知如何下手。但是，他向人问清楚电脑的用法，从比赛秩序册中找出主要对手的英文名字，就坐在电脑面前操作起来。

当电脑荧光屏上的绿色小字，显示出拉都在1984年5月欧洲锦标赛上，只抓起122.5公斤，挺起160公斤，总成绩282.5公斤，比陈伟强去年的最好成绩还少2.5公斤时，他雀跃起来了。

根据经验，他判定拉都目前的竞技状态不佳。于是，争夺冠军的决心，一下子就在陈伟强心中燃烧起来。

而陈伟强在体重方面，倒是不用刻意去减轻。奥运村里不设中餐。

对于这位从"食在广州"环境中长大的陈伟强来说，那味如嚼蜡的西式牛排、鱼块……实在是食之无味，根本无须有意节食，稍微控制一下饮水量，他的体重就降到了规定的60公斤以下。

压力小，信心强，不需挨饿，陈伟强在决战前的心情，从没有这么舒畅过。

下午，他到赛场去称体重，只有59.4公斤，与春木一样，比拉都和图里都轻。按照规定，比赛成绩相同的选手，体重轻的名次列在前面。

当天晚上，战幕拉开，陈伟强抽到2号签，按计划报了第一次试举重量120公斤。

抽到8号签的拉都本来抓举实力较强，也报了120公斤起举，显然他想利用后出场的有利条件，稳中取胜。

而陈伟强也胸有成竹，他的既定方针是抓举不让对手拉大距离，然后在挺举中发挥自己的长处，从而战胜对方。

第一次试举，两人都获得了成功。

第二次试举，两人都增加了5公斤。陈伟强拉起杠铃后，不敢大胆向后甩臂，以致杠铃重心在前，没有支撑住。

而拉都举起125公斤后，就要求第三次试举127.5公斤。

这时，陈伟强处在非常不利的地位，如果第三次举不起125公斤，给对手拉开5公斤以上，要想获得冠军就不可能了。

中国队教练黄强辉，走到陈伟强跟前，用印尼华侨味道很浓的普通话，一针见血地指出：

你主要的问题是放不开！

陈伟强知道，黄教练说到了点子上。他不是败于力量，而是技术没发挥出来。

几次脱臼的阴影笼罩着他身上的每条神经，每当试举大重量时就缩手缩脚，拼不上去。然而，人生能有几回搏。在这节骨眼上不拼，眼巴巴看着外国人夺走金牌，自己怎么对得起祖国人民的培养！

拼了，就是断了手臂也认了！

陈伟强义无反顾地走上举重台，手握杠铃，猛一使劲，干脆利落地举在头上，挺直地站了起来。

当三盏白灯一齐亮起时，观众席上掌声如雷。陈伟强放下杠铃，高兴得连连向观众招手致意。他知道，图里、春木没有越过120公斤，已经丧失竞争能力；而拉都纵使试举127.5公斤成功，也不过争得2.5公斤的优势。

此时，拉都竞技状态不佳，面对127.5公斤的重量，显得缺乏信心，杠铃提拉到一半，便扔了下来。这位以抓举见长的对手，在抓举上没能占到任何便宜，这给陈伟强吃下了定心丸。

10分钟休息过后，挺举比赛开始。陈伟强和拉都报的起举重量都是160公斤。

可是，当杠铃重量加到155公斤时，拉都突然要求起举。显然，他心虚了，他不能老跟着陈伟强，最后就要在量体重时输掉，他便改用稳守反击战术，先拿下155公斤垫底，稳坐第二名后，到第二、三次试举，再与陈伟强一争高低。

机警的黄强辉发现对方改变策略，便也立即跑到后台，建议陈伟强改从157.5公斤起举，而且不动声色，直到拉都举起155公斤，要求第二次试举162.5公斤时，才向裁判员提出来。

这是一招绝好战术。起举重量减少2.5公斤，不仅成功更有把握，而且把试举次序倒转过来，可以根据对手每次试举情况变换策略，化被动为主动。

果然，陈伟强第一次试举成功，也要求第二次试举162.5公斤。由于试举次序倒转，陈伟强又有体重较轻的优势，就把对方逼到了悬崖边缘。

于是，拉都的教练急了，在后台大嚷道："改165公斤！"他们不甘心轻易认输，便不惜铤而走险，他们这是为夺回主动权孤注一掷了。

而陈伟强也寸步不让，也改报165公斤，硬是逼着对手先举。

165公斤，这个等于体重两倍半的重量，拉都在去年世界赛竞技状态处于巅峰状态时也没有能举起过，何况现在！他两次走上举重台，都只把杠铃提拉到一半就扔掉了。

陈伟强过去举起过165公斤。但是，一年来减少了训练量，现在又经过两个多小时的激烈争夺，体力也消耗得差不多了，所以也没有攻下这个重量。

最后，陈伟强以282.5公斤比280公斤，战胜了强劲的对手，赢得了60公斤级的金牌。

他从台上刚走下来，黄强辉、赵庆奎两位教练就情不自禁地冲上前去把他紧紧抱住。

此时，为我国台湾夺得唯一一块铜牌的台北选手蔡温义，也赶上前来向他道贺。他也兴奋异常，激动的同时，眼眶都湿润了。

之后，陈伟强站在最高一级领奖台上，望着冉冉上升的五星红旗，听着催人奋发的国歌旋律，思潮翻滚：祖国啊，您的儿子没有辜负您的培养，把1932年参加奥运会以来，中国在金牌榜上的零字，一次又一次地突破了。

在掌声和欢呼声中，身穿着印有"中国"两个大字的红色运动衣的陈伟强高举鲜花，喜笑颜开地向观众频频招手。胸前那块24K黄金铸造的奖牌，在射灯和闪光灯的照射下，闪闪发光。

姚景远勇得举重金牌

洛杉矶时间1984年8月1日,第二十三届奥运会67.5公斤级举重比赛,在马利蒙特大学格斯顿体育馆举行。

当天下午,一辆大轿车从风景秀丽的洛杉矶奥运村驶出,驰向坐落在马利蒙特大学的举重馆。

车上那深红色的沙发座椅上,坐着中国举重运动员姚景远和他的教练赵庆奎,还有黄强辉、队医、翻译,一共五人。今晚,他们要与世界举重高手一决高下。

姚景远透过车窗,悠闲地望着街道中的高楼……看上去他极为轻松。这是由于他极为自信,相信自己的实力;另外他信赖自己的教练,运筹帷幄的赵庆奎教练。

此时,赵庆奎用拇指抵着下巴颏儿,倚着大轿车的沙发靠背,仔细地考虑着今晚比赛的方案。虽然他已经把战术研究好了,但他仍担心出点什么漏洞,因此仍在思索着。

而中国选手姚景远,是这次比赛的重量级人物。他平素朴实憨厚,少言寡语,极为文静。可是,一沾杠铃边,他就变成了另外一个人,变成了力大无穷的猛狮!近几年来,在国内外重大比赛中,他力挫群雄,横扫亚洲。

然而，近两年的时间里，除1982年的亚运会和1983年的全运会外，赵庆奎很少让他出赛，把姚景远憋得不得了。

姚景远几次眼泪汪汪地请战，赵庆奎连考虑也不考虑就说："谁不想赛！不赛练嘛，你有伤，得养！"三言两语就给追回训练馆。

原来，赵指导在施用"激将法"，他不仅锤炼姚景远的身体和技术，也在锤炼他的神经，逼着小姚进入求战心切、跃跃欲试的竞技状态。

奥运大赛前夕，姚景远在各个方面都做着充分准备。但是他又担心起手小的问题来，从那一次次重复着、请教着手的握杠动作要领的举动中，赵庆奎觉察到：姚景远又担心手小的事了。这是一个心理障碍，不彻底消除，在比赛中将会是个隐患。

于是，教练眼睛一瞪，冲着姚景远说道："你的手，打了保票！没有自信心，到时候会砸锅！"斥责得姚景远面红耳赤，可事后姚景远仔细一想，便信心倍增地笑了。

来到洛杉矶后，赵庆奎更是极为关心姚景远。姚景远和李顺柱等住在奥运村五号楼408室，这是一间长方形的大学生宿舍，放着两张上下铺的双人弹簧铁床。

运动员赛前往往由于紧张或激动睡不好，上下铺再互相干扰，就会加倍影响运动员的休息。

于是，赵庆奎告诉姚景远，把床垫子挪到地毯上，这样可以睡得踏实，得到很好的休息。

现在，姚景远终于踏上征程了。

举重馆由铁架子固定，用厚厚的白帆布披盖而成，样式非常美观。

在后台的休息室里，姚景远坐在不锈钢白色折椅上，脸色严肃。赵庆奎半躺半坐在铺着驼色毛毯的沙发床上，猛吸着烟。他们谁也不说话，准备接受即将到来的挑战。

今天参加比赛的有17名运动员，其中最有实力与姚景远拼个高低的，一个是芬兰的格罗曼，一个是罗马尼亚的苏索契。两位欧洲运动员，抓举实力大，是他们的强项。

而姚景远挺举则稍微占一点优势，所以赵庆奎决定，在抓举上不能让对手超过5公斤，最好是打个平手，然后在挺举上找齐，最终夺得金牌。

果然，在抓举时，第一把姚景远要了135公斤，第二把按照规则必须比第一把增加5公斤。姚景远举140公斤还是有把握的，至于举142.5公斤，成败就难说了。

可以说，这个起点，是以自己的实力为基础，科学地、慎重地考虑的结果。

令人高兴的是，小姚接连举起135公斤、140公斤、142.5公斤。

而罗马尼亚的苏索契，在他的强项中，也只抓起了与姚景远相同的重量。

另外，芬兰的格罗曼，却来势不善，一上来就要了个140公斤，先声夺人！但他在接下来举145公斤的杠铃时，却怎么也没有举起来。这样，姚景远在抓举中已经是领先了。

作为临场指导，赵庆奎喜怒不形于色，他对小姚只说了一句话："小伙子不错。"然而，就是这平平淡淡的一句话，姚景远却受到了极大的鼓舞。

接下来是挺举。鉴于抓举的成绩，赵庆奎临时改变了主意。他知道罗马尼亚的苏索契过去挺举的最好成绩是170公斤，而姚景远则是180公斤，眼下有力争锋的只有芬兰的格罗曼了。

而格罗曼在抓举中又落后于姚景远2.5公斤。在这种情势下，他让姚景远把挺举的第一把，由原定的175公斤，改为172.5公斤，结果一举成功。

罗马尼亚的苏索契从167.5公斤开始试举，已经构不成威胁了。

而芬兰选手格罗曼，也举起了172.5公斤。于是，杠铃片增加到了177.5公斤！

赵庆奎临场经验极为丰富，他明白：姚景远这一把是关键，177.5公斤只要成功举起，他就是奥运会冠军了！而格罗曼即使举起这一把，仍低2.5公斤，他要是想挺举180公斤，恐怕是力不从心。

此时，在姚景远走上举重台之前，赵庆奎低声说："注意，这一把是关键。"

姚景远郑重地点点头，然后慢步走向举重台，他没有急于动作。他在心里默默地把杠铃举了一遍，想到了每一个环节、每一个动作，没有把握他绝对不举。

之后，姚景远弯腰，提杠，把177.5公斤的杠铃抬到了锁骨上，猛一发力，挺起了，挺起了！挺过了头顶，挺到了空中……

但是，这个铁家伙毕竟是太重了，压得姚景远颤颤悠悠的两脚难以站齐到一条直线上，上臂也在不停地抖动，抖动……

瞬间，情势危急！千钧一发之际，如果不能马上制止住这抖动的话，那么，极有可能全线崩溃，举过头顶的杠铃就会掉下去！

就在这一瞬间，姚景远的胸膛里燃起了烈火："制不伏你?!"他要拼了！就是腰折在这里，也拼了！

然而谈何容易！为了减轻3.5公斤多的体重，两三天没怎么正经吃饭的姚景远，头晕体软，供他调遣的气力已经不多了。

姚景远的意志在受到考验！这时，他发出了"啊——"的一声巨吼！

这吼声，使姚景远周身的每一块肌肉与细胞，都喷涌出巨大的力量，去与那铁家伙抗争！

这吼声，使运动员在比赛中能有效地发挥最大机能，而又不致伤害身体，有着十分重要的生理意义。

此时，只见姚景远钢牙紧咬，双唇紧闭，脸上霎时鼓起了和他胳膊上一样的疙瘩肉。高高地举在头顶的177.5公斤的杠铃，竟然慢慢地稳住了！

一秒，两秒……三盏表示成功的白灯亮了！这关键的一举宣告成功了！

顿时，观众疯狂了，滚雷似的掌声、欢叫声，撼天摇地。

此时此刻，姚景远竟也一反常态，控制不住自己的感情，他挥舞着双臂，从要上好几级台阶的举重台上，一下就跃到后台，满脸热泪地扑向同样激动着迎上来的教练赵庆奎、黄强辉！

随后，姚景远站到了最高领奖台上，望着五星红旗升起。听着《义勇军进行曲》，他笑了。

吴小旋小口径步枪夺金

洛杉矶时间 1984 年 8 月 1 日，奥运会射击场上，娇小玲珑的吴小旋被中外记者团团围住。

就在刚才，她获得了女子气步枪射击比赛的第三名。

而此刻，一根根木棒似的麦克风直对着她，等待她谈感想。但是，吴小旋并不愿意回答记者的问话，她的胸口有一股说不出的难受。

大概记者们觉得，一个中国女子得到铜牌已经是破纪录了，应该满足了，因而没有发现她心中的不快。

"我打得不好。我想听国歌！"吴小旋淡淡地说道。

她的话让当时采访她的记者们大吃一惊，人们这才知道铜牌不是她的目标，金牌才是！

比赛结束，回到奥运村后，吴小旋走进自己的房间，一眼看到桌子上已经写好，但还没来得及发出的信，这封信是她写给杭州家人的。

她在信中说，一定要把金牌带回去，她想金牌已经快想疯了。

可是，今天她却只得了一个铜牌。这叫她极为抑郁。但是，机会还有一次，她还要参加女子小口径步枪 3×20 的比赛，那么下一次的机会，她绝不可以错过。苦练 10 年，今天怎能甘居第三名！

金牌，金牌！就是要拿金牌！多年苦练就是为了今天奥运会的一搏！她毫不犹豫地拿起信封，径直走向住地门口的邮筒，把信发了出去，为自己心中的火焰再添了一把干柴。此时，她那郁闷的胸口才感到少许的轻松。

其实，当她到了洛杉矶奥运村后，她对谁都直言不讳地说："我就是来拿金牌的！"

夜深了，吴小旋的腰部又剧烈地疼痛起来，让她久久不能入睡，尽管第二天她就要参加女子小口径步枪 3×20 的比赛了。

于是，她索性爬起来，穿好衣服，走到室外，呼吸清新空气，看看洛杉矶夜景，放松一下心情。她看到夜空中，保安直升机在不停地盘旋。

离开祖国前夕，队里请到一名民间"神医"为她治疗。他为小旋施行了一种独特的推拿疗法，这是她几年来接受的无数次治疗中效果最好的一次。

可是今晚，在比赛的前夜，她怎么也睡不着了……

其实，当天下午，教练李素芳就同她一起分析了失利的原因，并且对第二天的比赛做了相应的准备。

李素芳说："紧张时，你就向左前方望望。"

教练所说的比赛场地上的左前方，是一片绿茸茸的草地，望一望青青绿草则会使人放松下来，从而心旷神怡。

然后，李素芳又说道："烦躁时，你就来个思想漫游。"其实，小旋的漫游方式就是反复骂自己："你真没出息!"

最后,教练又嘱咐说:"比赛中一定要果断、勇敢。记住了吗?"

"嗯,记住了。"

夜已深了,不能再看夜景了。明天还有比赛,必须忍住疼痛,睡觉,一定要睡着。吴小旋这样想着,便扶着腰走回了房间。

第二天,天气晴朗,没有风,是一个好天气。吴小旋信心百倍地走入射击场。

小口径步枪 3×20 最后的决赛开始了。首先,进行的是卧射。

吴小旋伏在地上侧起身子,腰部左侧隐隐作痛。但是,她咬紧牙关,果敢击发,一连二十发子弹打中了197环。

第二项是立射,这是吴小旋最感吃力的一项。但是此刻,她一切都忘了,只有一个信念:

要打好!

最后,她射出的子弹共击中187环。

第三项是跪射。此时,虽然吴小旋已经领先,但是不到最后时刻不算成功,稍一疏忽就会被别人超过,胜负常常在一环之间。

她坚持着,直到射出最后一发子弹。不一会儿,裁判报靶了,又是一个 197 环。

在这项比赛中,吴小旋终于以 581 环的总成绩夺得了金牌!她缓缓走到教练李素芳面前,她们拥抱在一起,欣喜的泪水流在了一起。

到了发奖的时候,吴小旋整理一下印有"中国"两个大字的运动服,登上了领奖台。

当金牌挂在她的胸前、五星红旗冉冉升起的同时,《义勇军进行曲》响起来了!

雄壮的乐曲像一股奔腾不息的海潮,伴随着吴小旋的心跳,在她的血管、在飘荡的红旗上,在洛杉矶上空奔涌澎湃……

栾菊杰剑坛夺得金牌

洛杉矶时间 1984 年 8 月，洛杉矶的长滩会议中心大剧院里灯火辉煌，观众席上坐满了人，记者们的照相机、录像机也都纷纷对准了击剑台。

第一轮比赛栾菊杰一路顺风，以胜十五场负一场的战绩，名列榜首，进入半决赛。

半决赛中，栾菊杰出师不利，痛失一场。如果再输一场，她将会被淘汰。

这时，栾菊杰在领导的开导下，想起她出征前给家乡人民的信：

……我体会到，在战斗意志上，"咬"的精神还不够，也许别人没有意识到，被我的敢打敢拼精神给掩盖了。然而我自己却比较清楚地意识到这一点。

譬如在意大利的比赛中，预赛时我获全胜，可是到了半决赛，关键的两场都以 7∶8 一剑之差败北，从而失去了夺冠的机会，这两场的失利，正是缺乏一种"咬"的精神……

在接下来的一场比赛中，她下定决心，一定要"咬住"！她擦干泪水，准备以"破釜沉舟"的气概，挺剑拼杀。

首先，她先以 8 比 5 把西库来梯挤出 8 强之外。

接着，她与罗马尼亚高手丹妮交锋，在 7 比 7 的关键时刻，她紧紧"咬"住，大胆进攻，又以一剑的优势，拼掉丹妮，闯进了前 8 名。

洛杉矶时间 1984 年 8 月 3 日晚上，洛杉矶长滩击剑比赛进入决赛圈。

进行决赛的 8 个人中有 3 个法国人，两个联邦德国人，一个意大利人，一个罗马尼亚人，还有一个黑头发的中国人栾菊杰！

栾菊杰又一次处在 7 名欧洲的第一流名将夹击之下。

她首战世界锦标赛亚军、联邦德国选手毕肖夫，以 8 比 5 淘汰了对手。

接着，她又同世界大学生运动会冠军、罗马尼亚选手乌兹甘努交战，以 5 分钟速战速决直落八剑战胜了乌兹甘努。

现在，栾菊杰同哈尼斯争夺冠军，这是一场在奥运会上的冠亚军生死决战！

栾菊杰一身洁白，持剑携盔，沉着冷静地登上剑台。她按照击剑的古老传统行礼，只见她先持剑向左下方挥动，再把剑向上举起。

这次，她用一根彩色发带把头发干脆扎住，然后把头盔狠狠地压下去，摆开架势，准备进入到战斗中。

这是一场剑光闪闪、杀声阵阵、短兵相接的凶狠拼杀。从当地时间10时5分开始，栾菊杰和哈尼斯展开了一场真正的较量。

双方虚晃银剑，窥测试探。哈尼斯老谋深算，突然发起冲刺，首开纪录。栾菊杰也不示弱，稳住阵脚，连连出击得分。

比分交替上升，3分钟后，双方处于相持局面。栾菊杰想：无论如何不能松懈！无论如何都要咬住！

在越打越凶、越打越猛的时刻，哈尼斯在拿了三剑之后再也不"长分"了！栾菊杰则越打越活，进退自如，攻守得意。一刺，又是一刺；红灯，又是一个红灯。

比分打到3比7时，哈尼斯向栾菊杰发起了最后的冲刺，小栾灵巧地一闪，躲过剑锋，一个大弓步击打进攻，哈尼斯的肋部被击中了！红灯亮了！比分为3比8！

栾菊杰胜利了！中国拿到了第八块奥运大赛金牌！

在哈尼斯被击中、指示灯亮起的瞬间，她情不自禁地高举起双手做了一次腾飞跳跃，热泪盈盈地奔向文国刚教练和队友……

随后，五星红旗在雄壮的中华人民共和国国歌声中冉冉升起。

击剑，被称之为"西方艺术"，欧洲人引以为豪。此刻，在它的顶峰上，却站着一位眉清目秀的中国姑娘——栾菊杰。她，打破了欧洲人在这个项目中垄断称霸88年的历史。

她仰望着五星红旗，心情却是平静的，苦苦追求多年的时刻，梦寐以求的胜利，终于到来了！

欧洲惊呆了，世界惊讶了，许多人觉得不可思议，觉得这是一个"奇迹"。

各方报纸竞相报道。有一家报纸报道说：

> 栾菊杰得胜后掀开面罩，露出神采飞扬满脸堆笑的脸，十一年来习艺艰苦，一时间全抛于脑后，名实双归地成为第一位在奥运会上夺魁的亚洲人。
> …………

记者的采访，华侨的宴请，她从小有名气成了世界扬名的新闻人物。

在向首都各界群众汇报第二十三届奥运会盛况的大会上，栾菊杰说：

> 成绩归功于伟大祖国，归功于人民……我夺得金牌，是零的突破，还要从零开始。

这是多么感人的情怀与坚强的信念！它给失败者以启迪，给胜利者以激励……

马燕红勇夺高低杠第一名

洛杉矶时间 1984 年 8 月 3 日下午,第二十三届奥运会女子体操全能决赛,在加州大学洛杉矶分校的波利体育馆拉开了战幕。

然而就在此前,练习场上却看不到高低杠选手马燕红的身影。原来,她的慢性阑尾炎又犯了,剧烈的疼痛迫使她躺到了病床上。

根据比赛规则,如果不能参加全能比赛,单项决赛就等于弃权。对此,教练和周围的人都心急如焚。

马燕红更是心急如焚,她想:"今天拼了,再疼也要参加比赛。"

她要求医生为她注射了止痛针,然后,她团着身子躺在床上。直到比赛前半个小时,她的腹痛才有所减轻,但随之而来的却是头晕目眩和四肢无力。

坚强的马燕红还是顽强地爬了起来,让队友们搀扶着来到赛场。

马燕红心想:"一定要通过这一关!"

最终,她顺利地完成了各个项目的比赛,获得了女子全能第六名。

两天之后的晚上,波利体育馆里坐满了观众,人们都把目光集中在高低杠冠军的争夺上。

轮到马燕红出场了，只见她稳步走到高低杠前，屏息片刻，纵身一跃上了杠。她忽而腾身空翻转体，忽而倒立杠上，纹丝不动，之后来回穿梭，如同春燕绕梁。整套动作潇洒、惊险而又充满艺术的美感。

在她飘然落地的一瞬间，全场响起了热烈的掌声，观众们都赞叹不已。与此同时，裁判也亮出了记分牌：

10 分！

女子高低杠金牌，是我国体育代表团在第二十三届奥运会上荣获的第十三枚金牌！

女排成功蝉联三连冠

洛杉矶时间 1984 年 8 月 3 日，洛杉矶长滩体育馆内，喧嚣声大作。中国队和美国队之间正在进行奥运会女排分组预赛。

洛杉矶第二十三届奥运会中国女排主教练是袁伟民，教练是邓若曾。女排队员名单是张蓉芳、郎平、朱玲、周晓兰、杨锡兰、梁艳、姜英、侯玉珠、苏惠娟、李延军、杨晓君、郑美珠。

在这一场比赛中，中国队打得比较艰难，最终以一比三失利。

新队员参加这样大型的比赛，大都比较紧张。第一场与巴西队比赛时，杨晓君发第一球时竟打到裁判员那儿去了，这都是紧张的缘故。这场比赛也是这样，弦绷得太紧了！

中国队的休息室里，队员们议论着这场比赛，大家的情绪都极为沮丧。

张蓉芳看到这一切，立即闪出一个念头，这样下去，下面的比赛也很难打好，说不定要打到三四名去了。

在乘车回去的路上，汽车要行驶 50 多分钟。大家都沉默着，没有一个先开口说话。

张蓉芳紧锁着双眉，向窗外凝视，她不是在欣赏车窗外灯火辉煌的夜景，而是在思索着以后的比赛。

在张蓉芳的思索中，形势明朗了，中国队要打败日本队后才能进入决赛。打日本队按正常情况讲，全队是有信心的。可现在刚刚输给美国队，打日本队能不能放下包袱呢？

她知道现在是个严峻的时刻。她是队长，要从自己做起，放下包袱。她认为，只要大家认识统一了，包袱放下了，信心鼓起了，球就一定是会打赢的！

回到奥运村，已是23时多了。张蓉芳轻声对同屋的郑美珠说："我们要向前看，一定把后两场拿下来，这场输了没什么，那时再输才后悔呢。"

郑美珠点了点头，两人的想法完全一致。

袁伟民和郎平参加记者招待会回来已是24时多了。大家还等着他们。袁伟民把大家召集在一起，他没有批评、埋怨大家，心平气和地讲："我们输掉的只是一个机会，一个打弱队的机会，并没有输掉名次，没有输掉冠亚军，关键的比赛还在后头。"

代表团团长李梦华还怕大家放不下包袱，语重心长地表示："即使你们后面都输了，你们也是拿过两届世界冠军的队伍，女排对国家的贡献是谁也抹杀不了的。"

姑娘们听了这些话，舒展了面孔，内心的不安得到了缓和，像吃了定心丸，安然地去休息了。

1984年8月4日下午，照例是开准备会。

袁伟民决定教练不参加，由队员自己开。张蓉芳召集六名主力队员，周晓兰召集六名替补队员分别开会。目的是沟通思想，增强信心。

张蓉芳在小组会上很活跃。在分析双方实力的对比时，她说："日本队近年来在世界大赛中没赢过我们。在苏联的四国邀请赛时，我和大郎没上，咱们照样赢了。从心理上讲，她们是怕我们的，从实力上看，她们也不如我们。我们不要急，抓一个机会就打一个反攻，要集小胜为大胜。"

郎平也接着发表自己的看法："咱们要想办法压住对方，用发球突破她们三号位的进攻。"

其他人接二连三地都说了起来，情绪活跃了，8个月前在亚洲锦标赛上输给日本队后遗留的一丝阴影也荡然无存。

之后，在中国队与日本队之间争夺决赛权的比赛，马上就要开始了。

双方在场上做准备活动时，日本队有些紧张。王屋裕子原来是张蓉芳的老朋友，但是，连个招呼也不打，如同路人一般。这样，反而使张蓉芳心里有数了，她感到踏实了。

这时，郎平大大方方地走过来，附在张蓉芳的耳朵上悄悄地说了句："杨子说她心慌，觉得特别累，你快去跟她说说。"

张蓉芳一看杨锡兰的脸涨得通红，便不动声色地走过去，笑着小声对她说："杨子，别紧张，不好处理的球就传给我。无非是输，只要打出水平，输就输了。"说完又用手在杨锡兰的肩上抚摸了几下，并鼓劲似的顺势轻轻推了一把。

杨锡兰抿着嘴，眨了眨眼睛，又点了点头，露出了微笑，接着去做准备活动了。

比赛开始了。这一场比赛是一场速战速决的比赛，中国队净胜三局，取得了决赛权。

1984年8月7日晚上，在洛杉矶长滩体育馆，中国队再战美国队，争夺奥运会女排赛冠军。

赛前，张蓉芳激动地对同伴们说："我们一定要打胜！"

第一局，中国队经过艰苦搏斗，以侯玉珠的怪球夺得了决定性的两分。

第二局，美国队一蹶不振，不攻自破。中国队以15比3取胜。

第三局，中国在14比5领先时有些放松，又被美国队连追4分，成14比9。离胜利就差一分之遥，中国队却迟迟没拿下这关键的一分。

此时，袁伟民请求"换人"，上场的是12号张蓉芳。在她稍事休息后，情绪极为振奋，一进场她就张着两只手，向同伴嘱咐几句后，便到四号位站定。

美国队发球，中国队将球接起后传到四号位，张蓉芳从容跃起，美国队四只拦网的大手铺天盖地般封了过来。只见张蓉芳轻轻一点，球竟逾"墙"而过，不偏不

决战奥运

倚地吊在空档里。裁判员示意换发球。

中国队发球后，美国队进攻未能打死，杨锡兰又把球准确地传到四号位，张蓉芳憋足了劲用力踏地，腾空而起，挥臂重扣，球"咚"的一声砸在地板上。

随着她双脚落地，她的两行热泪也夺眶而出。场上的中国队队员更是欢呼雀跃，紧紧地抱成一团。

裁判员判定后，场下的队员也拥了上来。张蓉芳、郎平这两位身经百战、屡建奇功的老将也泪如雨下。

在贵宾席观战的荣高棠、路金栋、黄中及香港知名人士霍英东先生都跳了起来，冲到场边为中国女排鼓掌祝贺。

激战的一小时三十分过去了。整个长滩体育馆沸腾了，整个中华大地沸腾了。

鲜艳的五星红旗带着一片火红的霞光，骄傲地升起来了。中国姑娘的汗水和泪珠滴落在胸前的金牌上。

这是一块多么艰难的金牌啊！中国女排不仅赢得了奥运会的一枚金牌，同时赢得了世界排坛最高的、也是最光荣的称号："三连冠"。

胜利，给神州大地带来了一片欢腾。实现"三连冠"的热潮激荡着每一颗中国人的心。

日本队教练山田重雄在赛后表示：

中国女排太出色了，在第一场以1比3失利的艰难情况下，在关键时刻能以3比0获胜，实在太了不起了，向世界证实了她们是最好的。

刊登在美洲《华侨日报》奥运会特辑上的一篇报道是这样写的：

张蓉芳打得特别好，她处处采用巧妙打法奏效。记者算了一下，她的怪球有"垱蛇"（即把球轻扣对方拦网队员腕下手肘部位，球就顺肘而下，犹如"垱蛇"），有打手出界，有轻吊空档，有直线后场，有斜吊对角。

请记住这历史的一幕！中国女排为振兴中华而拼搏的故事，将永远流传下去。

李宁独得体操三金

1984年8月4日晚上，在洛杉矶加州大学体育馆内，举行第二十三届奥运会男子体操决赛，观看台上坐了9000多人。

此前，中国体操队的团体和全能比赛已经结束了，然而中国队连一块金牌也没拿到。比赛比预料的要更为艰难。

而今天晚上这场单项决赛，是中国队最后的希望了。

中国队上场的3名队员是李宁、童非和楼云。不上场的4名队友千叮咛万嘱咐，要加倍小心。

李宁意味深长地说：

你们放心，我们一定不辜负大家的期望。今天上场的虽只是我们三人，但我们是代表祖国，代表中国体操队去奋斗的。我们在场上绝不会胆怯。

带着10亿人民的重托，从来不愿在挫折面前低头的李宁，进入赛场了。

赛场里，近乎狂热的美国观众，不断呼喊着，巨大的声浪震荡着比赛场，一面面大大小小的星条旗几乎覆盖了观众席。

不少美国民众为了给美国队加油，不惜以200美元的高价，去买一张原价90美元的门票，这时的200美元合人民币400多元。

这时，李宁和同伴们专门换上红色运动服，两个黄色的"中国"大字，分外耀眼。

单项决赛的第一个项目是自由体操，李宁一上场，就以世界上少有的720度"旋"，使在座的观众惊叹不已。他的身体倏然飘起，急剧旋转，立即博得了满场的掌声。接着，"托马斯全旋"，如同雄鹰展翅。最后，他的后空翻两周，稳稳地落在蓝色的地毯上。

顿时，全场爆发了震耳欲聋的欢呼声、掌声和喝彩声，来自非选手国的四名裁判员，全部亮出了10分。

这预示着第一块金牌到手了，李宁高兴地举起了双手，向观众们致意。

6时10分，人声鼎沸的体操馆安静下来，体操馆内第一次响起了中国国歌。

此时，李宁手捧鲜花，胸前佩戴着金牌，站在冠军台上，注视着冉冉升起的五星红旗。

登上了自由体操冠军的奖台，李宁的心思又转到了第二项比赛上，也就是鞍马金牌的争夺了。

鞍马是体操运动中最难的一个项目，李宁曾下了很大的苦功去练习。

鞍马比赛开始了，李宁在众人的注视下，精神抖擞地上马了，他做了一套高难、新颖而又完美的鞍马动作，有横向、有纵向，有平面、有立体，他的动作达到了出神入化的地步。独特的环中转体、隔环托马斯全旋以及环外托马斯倒立向后转体180度下，都是第二十二届世界体操锦标赛之后李宁增加难度的新动作。

最后，当李宁从鞍马上稳稳地飘落在地时，全场沸腾了，裁判毫不犹豫地亮出了10分，中国健儿获得了男子体操第二块金牌。

接下来，李宁参加的是吊环决赛。

李宁在教练的辅助下，上了吊环。他一开始就出色地完成了世界上独一无二的"正吊臂"。接着，几个不同类型的"十字"和"水平"，显示了巨大的力量。最后复杂的"旋"下，准确而平稳地落在垫子上。由于动作做得很完美，李宁也高兴地举起双手向观众致意。

可以说，他在吊环比赛中的一套动作，静如雕塑，动如脱兔，表演得完美无缺。

1984年8月4日的夜晚，从美国洛杉矶加州大学体育馆里，传出人们盼望已久的喜讯：在男子体操单项比赛中，李宁大战美国、日本等强手，技压群雄，连续夺得自由体操、鞍马、吊环三块金牌；接着，楼云又在第四项跳马比赛中，登上了冠军宝座。

可以说，这一晚，是中国健儿扬眉吐气、大振国威的一晚，也是炎黄子孙以辉煌的战果载入体育史册的一晚。

当时，就连最强劲的美国选手都心悦诚服地说："今晚是中国队的天下，是李宁的天下。"

在悬挂着200多面彩旗、坐满9000多名观众的沸腾的赛场上，雄壮的《义勇军进行曲》，一次又一次奏起；鲜艳的五星红旗，一次又一次高高升起。那激昂的旋律在体育馆内回荡着，使人们心中蕴藏的感情，一下子喷涌了出来。

在场的华人，动情地流下泪水。其中，有一位香港记者搂着李宁说：

谢谢你啊！谢谢你！你为我们中华民族争了气。

美国体操名将威德马尔称赞说：

李宁是有史以来的最伟大的体操选手，作为一名体操绝技表演者，他已自成境界。

日本《朝日新闻》记者写道：

中国体操健儿最后的大跃进，显示了世界冠军队的真正实力。

今天，在第二十三届奥运会上，21岁的广西壮族健儿李宁三次登上冠军的宝座。

这位沉稳、冷静的年轻人,向来是落落大方、面带笑容,可此刻,他站在冠军台上,在众人注视下,情不自禁地流下了泪水,当五星红旗开始升起时,他那特有的"闭目"表情,显示了内心起伏的激情。接着,他睁开眼睛,幸福地看着鲜艳的五星红旗徐徐升起……

后来,美国历史最长的报纸《纽约时报》,在评论中专门给李宁取了一个绰号,叫"李宁力塔",这"力量之塔"不单是著名的比萨斜塔的双关语,也是对李宁飞跃凌空高超技艺的赞美。

楼云跳马夺取冠军

1984年8月4日晚上,第二十三届奥运会男子体操跳马决赛,在洛杉矶加州大学体育馆内举行。观看台上坐满了观众,有9000人之多。

此时,我国来自浙江西子湖畔的20岁小将楼云出场了。随着旋风般的冲刺,只见楼云飞身跃马,前手翻,腾空,转体180度,再接直体后空翻,之后,落地稳稳地站住了。

4名外国裁判员,同时在电子记分牌上亮出了"10分"。顿时,体育馆内一片欢呼声,爆发出热烈的掌声。

身宽体壮、矮小敦实的楼云,第一次试跳就跳出了最佳水平。

体操比赛单项决赛总成绩的计算,是把在团体赛规定动作和自选动作两次比赛中该项的平均分,加上单项决赛的分数来决定名次的。

跳马单项决赛,还有别于其他单项,必须试跳两个不同类型的动作,以平均分计入总成绩。也就是说,跳马决赛的名次一共要计算4个动作的成绩。

楼云在团体赛规定动作比赛和自选动作比赛中,都得了满分,决赛第一次试跳又是满分,积分暂居首位,最终能否夺得金牌,就要看第二次试跳了。

关于这一次试跳，跳什么动作，教练犹豫了。

楼云准备第二次试跳的动作是独创的"前手翻接直体前空翻转体540度"，这个复杂的动作，在当今世界上只有他一个人会跳，因此他相信肯定会加分的。

但是，在跳这个动作时，落地不容易站稳，稍一不慎，就会出问题。所以，队里研究决定，为了有把握拿金牌，第二次试跳改为容易站稳的"侧手翻接直体后空翻"。

面对队里的决定，楼云想来想去，心里总不是个滋味。他想："要拿，我们中国健儿就要拿高质量的奥运会冠军！"

临比赛前做准备活动时，楼云向教练杨明明请战："杨指导，我还是跳直体前空翻转体540度，要夺，就夺高质量的金牌！"

杨教练何尝不愿自己的队员跳出世界最高水平的动作呢？于是，他认真地问道："你自我感觉怎样？"

"行。"楼云非常爽快地回答了教练的问话，并当场又跳了一次。

教练也信心十足地说："好，注意板上再顶起点。"

楼云信心十足地又上场了。全场观众屏住呼吸，凝视着楼云的第二次冲刺。

第二次试跳的时间到了，裁判员绿旗一举，全场鸦雀无声。

此时，楼云猛吸一口气，似离弦之箭，两腿像装了弹簧似的冲了出去，他的弹跳特别有力，跳马冲刺犹如炮弹出膛一般，外国报纸曾赞誉他为"炮弹腿"。只见楼云踏板、腾空、转体……这一系列动作在瞬间完成。美中不足的是，他在落地时稍稍晃动了一点，裁判给了9.9分。

之后，美国和日本的选手拼命追赶，但始终没有一个人超过楼云，楼云最后以19.95分的总分赢得了跳马的金牌。

1984年8月4日20时10分，鲜艳的五星红旗又一次在洛杉矶奥运会体操赛场上升起来了！耳畔响起了《义勇军进行曲》。

楼云站在冠军领奖台上，胸前戴上了闪闪发光的奥运会金牌，激动地仰望着五星红旗，他最大的愿望实现了。

楼云在这次奥运会上获得了男子跳马的金牌和男子团体、男子自由体操的银牌。

周继红跳水夺第一名

1984年8月10日下午，在美国加利福尼亚大学奥林匹克游泳池，举行第二十三届奥运会跳水比赛。

看台上座无虚席，感情外露的美国观众举着美国国旗和标语牌，上面写着："金牌属于美国""美国必胜"。

许多在美学习的中国留学生和华人、侨胞也赶到这里来为中国队助威、加油。虽然在人数上无法与美国观众相比，但鲜艳的五星红旗却格外引人注目。

在前一天的预赛中，参加这个项目比赛的各国优秀选手共有21名，经过紧张激烈的角逐，总分排在前12名的选手，获得了10日参加决赛的资格。

其中，中国选手周继红和陈肖霞分别以462.87分和434.88分排在前面，把对手远远地抛在后面。

排在第三位的美国运动员米歇尔比她们分别落后约60分和30分。

然而，按照跳水比赛的竞赛规程，预赛成绩只能决定运动员在决赛中的出场顺序，而对决赛成绩没有丝毫影响。

15时15分，两位中国教练焦急地走动着，他们不时望望休息室的门口，然后又看看腕上的手表。

此时，各国参加跳水比赛的选手都基本上到了，并开始做准备活动。

可是，唯独两名中国女选手周继红和陈肖霞还没到场。比赛定在16时正式开始，可现在依然还没见到两位姑娘的身影。

对此，教练不无担心地说："她俩到底出了什么事？"

"好了，她俩可来了！"梁伯熙教练一眼看见匆匆忙忙赶来的姑娘们，如释重负地对徐益明教练说。

在两位教练一迭声"快点，快点，快去换衣服"的催促下，姑娘们来不及说明迟到的原因就一下子冲进了更衣室。等她们换好游泳衣时，时间已经是15时30分了。

今天是周末，马路上的车辆比平日还要拥挤。姑娘们坐的汽车两点就从奥运村出发了，却怎么也开不动，平时只需要40分钟的路程，今天却走了一个多小时。

周继红习惯在赛前的准备活动中，把比赛的八个动作轮番跳一次。可只有半小时的时间了，周继红便急急忙忙地赶着做每一个动作，一个，两个……八个，总算跳完了。她轻轻喘了一口气，脸上露出了笑意。

但是，站在池边的徐益明教练可没有笑出来，他看见小周的这八个动作跳得一塌糊涂。徐教练不免担心起来。

"现在介绍今天参加比赛的运动员……"广播里最后一个介绍的是中国运动员周继红，因为在昨天的预赛中，她名列首位，按规则今天应该最后一个上场。

周继红来到休息室，立即把小录音机的耳塞送进了耳朵里。她在放松自己，用和谐、优美的钢琴协奏曲，来放松一下自己。

随着裁判员的一声清脆哨声，比赛开始了。

比赛的第一个动作结束后，预赛中排在第三和第五位的米歇尔和怀兰，一下子超过两名中国运动员，排到了最前面。

第二个动作开始了。陈肖霞、周继红沉着冷静地发挥了自己的水平，没有失误。

接着她们又顺利地完成了第三个、第四个动作，比分又超过了两名美国运动员。

随着比分的交替上升，人们的心情也越来越紧张了。可以说，这是一场技巧的竞争，更是一场意志的较量。

之后，轮到陈肖霞上场，只见她一个漂亮的向内翻腾两周半屈体，获得 67.20 分，她的积分超过了其他对手。

这时，经验丰富的老将，美国运动员怀兰紧接着完成了向前翻腾三周半团身的动作，拿到了 70.47 分，又超过了陈肖霞。

最后，该周继红跳了。只见她长舒一口气，站在 10 米跳台的边缘，起跳、收腹、翻腾、入水，一连串动作在 1 秒多的时间里便完成了。人们还没缓过神来，记分牌上打出了 73.95 分的高分。赛场上沸腾了，周继红获得了今天比赛的最高分。

但是，比赛并没有到此定局。米歇尔和怀兰在最后的两个动作中，拿出了自己最擅长的看家本领，把比分的差距又缩小了，陈肖霞第六、第七两个动作的失误，使她的积分排到了第四位，直到完成最后一个动作，仍然处于落后的地位。

这时，轮到周继红跳了。在最后一跳时，她轻松地站在10米跳台上，深深吸了一口气，一连串的动作后，笔直地插入水中。

四个规定动作做下来后，周继红以总分190.53分居于首位，而陈肖霞总分位于第二。

其实，早在之前，中国跳水队到达洛杉矶后，各国记者纷纷预测这次桂冠的属向，有说陈肖霞的，有说怀兰的，有说米歇尔的。偏偏没有人提起1983年世界杯跳水比赛冠军周继红。

而且，美国各家报纸几乎都断言：

女子跳台跳水的冠军将在陈肖霞和美国的怀兰、米歇尔中产生。

结果，各家报纸没有一个猜中的。

此时，周继红登上10米跳台，跳最后一个，也是最难的一个动作"107"。

周继红默念着动作要领，做了一个模仿动作就坚决地跨上了通向10米跳台的阶梯。

只见她站在 10 米跳台的边缘，轻舒双臂，猛然弹起，身体在空中迅速地翻滚了 3 次，然后伸展开来，双手交叉压住水花，身体笔直地插入水中，水面波澜不惊。

周继红一入水，就知道自己这个动作成功了。她在水中禁不住笑了。

当她游到池边回头望去，电子记分牌上亮出了英文字样：

周继红——中国——第一

跳水池畔喧哗了，无数面五星红旗在华侨和美国友人的手上挥舞。

周继红登上了冠军的领奖台，开心地笑了。中国体育健儿获得了这届奥运会的第十五枚金牌。

本书主要参考资料

《国史全鉴》本书编委会编 团结出版社

《华夏金秋》柏福临主编 吉林大学出版社

《从雅典到北京：奥运风云录》刘晓非著 清华大学出版社

《奥运会上的中国冠军》吴重远主编 新蕾出版社

《金牌从0到15》鲁光 张晓岚主编 湖南少年儿童出版社

《从洛杉矶到北京》武正国 苏亚君主编 山西人民出版社

《在洛杉矶的日日夜夜》中国奥委会新闻委员会编 中国广播电视出版社

《中南海三代领导集体与共和国文化实录》张湛彬主编 中国经济出版社

《共和国要事珍闻》郑毅 李冬梅 李梦主编 吉林文史出版社